懋躬诗钞

安徽师范大学中国诗学研究中心资助项目

汪茂荣 著

江西教育出版社
·南昌·

赣版权登字-02-2023-155
版权所有 侵权必究

图书在版编目（CIP）数据

懋躬诗钞 / 汪茂荣著. —— 南昌：江西教育出版社，
2023.6
（中国当代学人诗词选集 / 钟振振主编）
ISBN 978-7-5705-3691-7

Ⅰ.①懋… Ⅱ.①汪… Ⅲ.①诗词-作品集-中国-
当代 Ⅳ.①I227

中国国家版本馆CIP数据核字（2023）第103706号

懋躬诗钞
MAOGONG SHICHAO

汪茂荣 著

江西教育出版社出版
（南昌市学府大道299号 邮编：330038）

各地新华书店经销
江西赣版印务有限公司印刷
787毫米×1092毫米 32开 5.5印张 87千字
2023年6月第1版 2023年6月第1次印刷

ISBN 978-7-5705-3691-7
定价：45.00元

赣教版图书如有印装质量问题，请向我社调换 电话：0791-86710427
总编室电话：0791-86705643 编辑部电话：0791-86705903
投稿邮箱：JXJYCBS@163.com 网址：http://www.jxeph.com

总序

诗词何物？天地其心。发自性情，形诸歌咏。言志则乘风破浪，抒怀亦吐蜃成楼。读十万卷书以走马光阴，追五千年史于飞鸿影迹。梦笔生花，借以干乎气象；拮云拭月，得其助于江山。若长松与老柏，铁干铜柯；暨黄菊分绿梅，春酚秋馥。怪力乱神，子之不语；兴观群怨，予或能为。乃有专攻术业，余事诗人。偶尔操觚，居然成帙。各精铨以诚恳，皆煞费其踌躇。碧桃红杏，元非栽天上云霞；跻圣谪仙，亦只食人间烟火。情钟我辈，肝肠岂别于邻家；友尚古贤，流派何分乎学院？虽然，腹笥果丰，出言尤易；舌苔稍钝，入味孔艰。吞咽囫于汗漫，百度凭他；化腐朽为神奇，六经注我。书说郢燕，美学何妨接受；薪传唐宋，神思即畅交通。树异军之一帜，倡实皖南；市骏骨以千金,仵空冀北。东海珠珍,勤网罗而有赖;西江月皎,长照耀以无亏。忝窃主编,愧难副望。聊为喤引,以当嘤求。

癸卯夏至前三日,南京钟振振撰

代序

十余年前,余识汪君茂荣,览其诗文,知为读书种子。近数载间,君与余编校二十世纪诗词文论与名家别集丛书,多有晤会,愈钦君之品格学问。君之诗文积数十万言,绣梓行世,嘱余为序,忝属知交,未敢辞也。

二十世纪八十年代初,君卒业于吾皖师范大学历史系本科,执铎于桐城天城中学,化洽诸生,卓有勋绩。业余则博涉群籍,四部之故典乃至现当代名家之著述无所不窥,创作诗文,旁及书画。韩文公云"沉浸秾郁,含英咀华,作为文章,其书满家",不啻为君道也。桐城,君之珂乡,吾皖毓秀钟灵之地,自明清以迄民国,名儒辈出,灿若星汉。鼎革后风霜凌厉,乔木凋伤;浩劫中秦火焚书,斯文扫地;近三十年则横流人欲,昔时文华炳耀之区亦未能幸免。君处兹学绝道丧之世，修身敬业，抗志希古，尊德性而道问学，致广大而尽精微，得不谓杰特之士哉！

君诗古近体无所不工，诗人之诗与学人之诗二而一之。古体如《桐城诗词学会成立大会召开喜吟三十韵》《桐城文庙感兴》《读黄宾虹山水册感兴》《重游浮山》《古银杏行》《黄龙洞》《读啸云楼诗词感赋百二十韵》《乐山大佛》《与持社同人登峨眉山金顶感赋七十韵》诸篇，才大如海，澜翻不穷，雄浑之气，一以贯之。姚惜抱论古文得阳刚之美者，"如霆如电，如长风之出谷，如崇山峻崖，如决大川，如奔骐骥；其光也，如杲日，如火，如金镠铁；其于人也，如凭高视远，如君而朝万众，如鼓万勇士而战之"，堪以移评。近体出入唐宋，锤炼精严，骨重神寒，格高味隽，深得桐城诗派之法乳。而诗中之用典隶事，取资群经子史，会通玄释，融贯古今，见学力更见君襟抱之伟。盖诗以言志，持人情性，君有诗人之心，复兼学人之实，情由内发，学以外成，诗之镕经铸史乃至声律辞采，无非学也。刘彦和谓"义既埏乎性情，辞亦匠于文理，故能开学养正，昭明有融""至根柢盘深，枝叶峻茂，辞约而旨丰，事近而喻远""若夫熔铸经典之范，翔集子史之术，洞晓情变，曲昭文体，然后能孚甲新意，雕画奇辞"，又不啻为君诗之写照也。慨夫今世之为诗者，奉鄙俚为时尚，视典雅为畏途，黄钟毁弃，瓦釜雷鸣，以君诗较之，奚止霄壤之殊哉！

君论诗之文多为长篇，汪洋浩瀚，尤见为学之博。诸如桐城诗派，龚定庵、裴睫闇、林散之、方东美、潘受、周弃子诸家之诗，李家孚、徐澄宇之诗学，君皆研精极思，知人论世，怀钱宾四先生所言于国史之温情敬意，阐发前辈诗家之潜德幽光，为近百年诗坛树立楷范。诸家之天性与处境不同，诗之风格与造诣各异。君一一入其堂奥，擘肌分理，剥茧抽丝，平理若衡，照辞如镜，陈思王《与杨德祖书》云"盖有南威之容，乃可以论于淑媛；有龙泉之利，乃可以议于断割"，君诗学诗功，两擅其胜，操千曲而后晓声，观千剑而后识器，是以与昔贤为异代知音，莫逆于心，相视而笑也。至若《诬陆谬说辩正》据史实纠宋人叶绍翁之误，彰放翁爱国之忱与崇高人格；《〈管锥编〉一则辩正》驳钱默存"必曰身为作者而后可'掎摭利病'为评者，此犹言身非马牛犬豕则不能为兽医也"乃偷换概念，拟于不伦；《〈陈方恪诗词集〉辑注辨误》则多方攻错，精于校雠，洵可谓秉真理之勇，显文章之德。

概而言之，君论诗博观圆照，义理、考据与辞章冶于一炉，以深沉邃密之思，归中正平和之境，揆诸古道，不愧通儒。龙眠山水之间，一阳来复，为往圣继绝学者，君其人望欤！

子曰："刚毅木讷近仁。"君诚朴寡言，读书以外别无嗜好，韬光养晦，清介绝俗，若诗若文，偶作而已。然刘彦和云："君子藏器，待时而动，发挥事业，固宜蓄素以弸中，散采以彪外，梗楠其质，豫章其干，……若此文人，应梓材之士矣。"余编校二十世纪诗词文献，不胜任重，君应余之请，助以鼎力，著为宏篇，一发而不可收，滔滔莽莽。嗟夫！劫历沧桑，余垂垂老矣，君则春秋方富，值兹国学重兴之日，自应抟扶摇而上九霄，无远弗届。此诗文一集，乃旅程初立之碑，著述大成，尚期来日，岂独为徽国之光，抑当焕四海九州诗苑文林之采乎！

刘梦芙谨撰

公元二〇一二年，壬辰新正，于淝滨寓居

按：此为十余年前刘梦芙先生为拙集《懋躬丛稿》所赐序，今仍移作此集为序。

目录

总序

代序

读刘梦芙先生《啸云楼诗词》感赋百二十韵 / 001
天柱山诗会,梁东先生即席吟诵辛弃疾《南乡子》,慷慨悲凉,
　真天地间元音也。爰次韩退之《寒食日出游》韵,敬赋长
　古呈寄 / 007
题张耕、江虹贤伉俪"画为媒"二回画展 / 008
游披雪瀑 / 008
仙龙湖即景 / 010
宣城谢朓北楼 / 010
登敬亭山至太白独坐楼戏作 / 011
谒青山李白墓 / 011

晴窗展读风清网传徐战前先生《合肥别刘梦芙先生》一律并
　　诸公和作，精思健笔，卓有风骨，与时下浮响肤辞者流区
　　以别矣，爰次原韵却寄 / 011

次啸云师韵感时 / 012

重登天池峰望天柱峰 / 012

谒潮州韩文公祠一百韵 / 012

韩山雅集 / 017

湘子桥漫步 / 017

十一日上午，脂车待发，犹与诸同人觅间游祭鳄台。好古成癖，
　　韩公有知，当亦为之胡卢 / 018

南海泛舟至汛洲岛次顾亭林《海上四首》韵 / 018

游颐园感兴 / 020

《吴宓日记续编》读后 / 020

《林纾年谱长编》读后 / 020

潘伯鹰先生《玄隐庐诗》读后 / 021

刘凤梧先生《蕉雨轩诗钞》读后 / 021

刘梦芙先生《近百年名家旧体诗词及其流变研究》读后 / 022

第二届国诗大赛忝为评委，凡两阅月葳事。顷赴潮州参加
　　颁奖仪式，先成一律却寄与会诸公 / 022

重上九华山 / 023

重读唐王之涣《登鹳雀楼》感赋 / 023

杨艺平作草歌 / 024

恒文兄以所作册页一帙见惠，书画并美，清气逼人。良友佳贶，
　　何以为报，爰作俚句以铭感焉 / 025

南澳岛谒陆秀夫衣冠冢 / 027

四月二十五日午后,偕诸诗友由花亭湖乘船至牛镇,参观
　诗教成果展览 / 028
四川省诗学会成立大会召开,敬赋一律呈杨启宇先生 / 028
第三届国诗大赛颁奖仪式于粤东揭阳举行,网读获奖诸作,
　效山谷体奉题一律 / 029
丙申端午 / 029
谒朱邑墓 / 029
牯牛背水库大坝漫步 / 030
潜山官庄 / 030
怀宁三鸦寺湖 / 030
马埠槽 / 031
"海岳杯"诗词大赛复赛、决赛评竣,敬题一律 / 031
游媚笔泉,怀姚惜抱先生 / 031
游碾玉峡 / 032
丙申中秋,台风将至,阴雨无月,亲朋莫聚,彳亍斗室,勉成
　一律以资排遣,时天宫二号正发射升天也 / 032
丙申中秋后二日,台风甫过,李国春先生组织文联诸公赴练潭
　赏月,邀及下走,欣然应命,先呈一律以助兴也 / 033
丙申中秋后二日,与文联诸君漫步练潭河堤赏月口占 / 033
某杂志生祭 / 033
祭大唐诗人王摩诘先生文 / 034
祁县古县村谒王维衣冠冢 / 035
参观祁县红海玻璃文化艺术园 / 035
谒王维衣冠冢,驱车经山西昌源河国家湿地公园,即景口占 / 035
由太原南归飞机上书所见 / 036

"海岳杯"诗词大赛颁奖典礼感兴 / 036

大巴误入中州商丘境内,道路泥泞坎坷,殊不堪行驶也 / 036

参观古井集团地下"无极酒窖" / 036

观建安文学展览感赋 / 037

曹操地下运兵道 / 037

华祖庵 / 037

花戏楼 / 038

南归 / 038

咏柏堂前双柏 / 038

谒柏堂书屋遗址感怀 / 038

许咀杂咏 / 039

参观安徽省桐城市金阳钢构建筑公司感兴 / 040

与诸文友登栲栳山 / 040

崇州丁酉人日诗会用高达夫《人日寄杜二拾遗》韵 / 040

丁酉端月观嬉子湖夕照口占 / 041

春感 / 041

丁酉新正与诸友人访勺园,园为方宗诚、方守彝、方守敦诸先生故居也 / 041

西蜀杨启宇先生《屠龙阁存稿》行将付梓,敬题一律 / 042

皖雅吟社成立抒感 / 042

暮春同友人登大横山 / 042

读《陈寅恪诗集》 / 043

楼居 / 043

听古琴曲《广陵散》感兴 / 044

寿杨启宇先生七十 / 045

北来祁县参加第三届"王维诗歌节"暨第二届"海岳杯"
　　诗词大赛颁奖大会,适逢重九,爰吟一律以遣兴也 / 046

游祁县昭余古城渠家大院 / 046

雨雪感兴,次东坡尖、叉韵 / 048

岁寒读史杂咏二十首 / 049

戊戌春寒感赋 / 056

读史感赋 / 056

戊戌元宵夜小雨,杜门未出,惟翻微信以消遣耳 / 056

戊戌清明 / 057

龙眠踏青 / 057

江觉迟女史为述其先大母裁襟励子事,奉题一律,以志钦敬 / 057

读《爰居阁诗》 / 058

读《聆风簃诗》 / 058

梦乘飞船漫游太空 / 059

乐山诗联学会成立致贺 / 059

戊戌北地重九感兴 / 060

北来宣南,云亭兄以陈石遗《近代诗钞》三巨册见惠。一代
　　文献,士林同钦。闲居多暇,自夏徂秋,密咏恬吟,差能
　　毕卷。爰赋长句,聊发鄙感,兼志云亭兄厚谊也 / 060

读潘天寿《雨后千山铁铸成》偶成 / 061

雍平先生荣膺河岳学院院长,有诗抒感,敬次原韵致贺 / 061

己亥新正苦雨,感时抚事,漫吟排闷,即次徐源女史人日诗原韵 / 062

近于孔网购得《钱仲联学述》,遂穷一日之力读竟,叠前韵
　　抒感 / 062

悼李厚生先生,再叠前韵 / 063

杂感，三叠前韵 / 063

新正阴雨连绵，元宵夜加剧，局促斗室，翻读《论语》遣闷。
四叠前韵 / 063

近代胡展堂先生擅叠韵作诗。当代刘啸云先生才大如海，尤精此道，至有叠至数十首而笔力不衰者。爰效颦五叠前韵抒怀，虽鼓勇为之，然已竭蹶难以为继矣 / 064

连日叠韵为诗，乐而忘倦。清人项莲生曰："不为无益之事，何以遣有涯之生。"则余之所为者，庶几乎是。六叠前韵 / 064

有感，七叠前韵 / 065

寒舍数百步外即为一沼泽地，曰马埠槽。课余常施施而至，俯仰其间，亦消得浮生半日闲之一法也。八叠前韵 / 065

客岁点校胡展堂先生《不匮室诗钞》由黄山书社出版，雨窗摩挲。十叠前韵敬题一律 / 066

重读《海藏楼诗》，即题一律 / 066

张耕先生为吾皖知名书画家、书画鉴定家，顷蒙惠赠所著《张耕书画文稿初编》，亟拜读一过，敬题一律，以志感佩 / 067

无题 / 067

游黄山九龙瀑 / 068

黄山翡翠谷 / 068

唐模 / 068

唐模古银杏植于唐初贞观六年，历千四百年风饕雪虐，岿然犹存，实为通灵神物。岁己亥暮春，余旅行至此，绕树彷徨，钦敬曷似，爰有此作 / 069

雨后游迎江寺 / 069

读陈徒手著《人有病，天知否》《故国人民有所思》二书感赋 / 070

江觉迟女史邀游珂乡，奉瞻其纪念先德诸名迹，兼惠野餐，感而为咏 / 070

读《惜抱轩诗集训纂》，怀姚姬传先生一百韵 / 071

菱湖公园赏荷 / 076

己亥中秋赏月即兴 / 076

菱湖公园邓石如碑馆 / 076

练潭秋月 / 077

读王达敏教授撰《桐城派学者李诚先生年谱初编（1950—1976）》，敬题一律 / 077

应江觉迟女史嘱，奉题其先大母裁襟励子事 / 077

工会组织员工至高赛湖垂钓，余亦逐队而行，然不乐垂钓，惟施施然于湖塍内外偷闲作半日游耳 / 078

金神老街漫步口占 / 078

己亥仲冬赴西川富顺黑凼口农场参加第四届"海岳杯"诗词大赛颁奖典礼，分韵赋诗得"事"字 / 078

荣县谒赵熙先生墓敬题一律 / 080

参观自贡市盐业历史博物馆 / 081

参观自贡恐龙博物馆 / 081

成都五咏 / 081

谒成都武侯祠感兴，次韩退之《寒食日出游》韵 / 083

游眉山三苏祠，次东坡《游金山寺》韵 / 084

神仙 / 084

一管 / 085

赴命 / 085

浑如 / 085

坐困 / 086

江汉 / 086

夤夜 / 086

读史 / 087

春声 / 087

谒方维仪墓 / 087

谒邹城孟庙感兴 / 088

谒泰山岱庙感兴 / 088

游泰山北麓灵岩寺 / 088

游山东邹城岗山觅北朝摩崖石刻 / 089

登泰山，次韩退之《谒衡岳庙遂宿岳寺题门楼》韵 / 090

持社成立十周年感赋 / 091

奉读刘啸云先生七十初度之作，敬赋一律，以为南山之颂也 / 091

读史即兴 / 091

读史遣暑 / 092

读史遣闷 / 092

读史有感 / 092

读《南明史》感兴 / 093

读唐人边塞诗有感 / 093

读《史记》感赋 / 093

读《南史》有感 / 094

午后至马埠槽漫步，仰观俯察，不至此地已四阅月矣 / 094

再咏马埠槽 / 094

三咏马埠槽 / 095

漫步口占 / 095

游郊野菜园感兴 / 095

庚子八月十五中秋，是为公历十月一日也，感而赋诗 / 096

夜雨枯坐，惟翻微信以遣闷耳 / 096

游檀香寺，寺下即为牯牛背水库也 / 096

谒张秉文墓感兴 / 097

梦中穿越偶遇陈涉，醒后戏作一律以压惊也 / 097

网闻感赋 / 097

辛丑人日读唐诗即兴 / 098

阎浮 / 098

辛丑元宵苦雨读杜诗遣闷 / 098

读李一冰《苏东坡新传》即兴 / 099

辛丑二月初二日即兴 / 099

忆往感兴 / 099

梅城二乔公园 / 100

枞阳近郊随诸君子后谒阮鹗墓 / 101

游枞阳莲花湖公园，即参观枞阳家谱馆，勉成一律敬呈同游诸公 / 101

江毛安、程向军二位先生书画作品展即将开幕，先成一律以志祝贺 / 102

歙县黄宾虹纪念馆 / 102

与若水庐主访呈坎古镇 / 102

参观景德镇中国陶瓷博物馆即兴 / 103

有鹁鸪于窗台构巢育二雏，朝夕相对，不啻佳邻，因缘如此，焉得无诗。于是乎赋 / 103

游安庆世太史第有感 / 103

赏荷 / 104

咏夫己氏 / 104

散步 / 104

雨后望月感赋 / 105

读《南渡北归》三部曲，率题一律 / 105

遣兴 / 105

读《北史》 / 106

江右刘世南教授以百岁上寿于八月一日夜仙逝，骤闻震悼，谨赋此诗以当哭也 / 106

辛丑立秋漫吟 / 106

咏蝉 / 107

辛丑七夕苦雨 / 107

辛丑中元感赋 / 107

秋暑读史 / 108

目送 / 108

辛丑中秋楼巅赏月漫吟 / 108

辛丑八月十六日夜露台赏月即兴 / 109

读史 / 109

寒舍僻邻乡野，连日夜深蟋蟀多有入户者，挠其跃，赏其斗，观其飞，耳其鸣，则措大生涯颇不寂寞也 / 109

辛丑重阳登楼赏秋 / 110

雨中游蟠龙湾 / 110

辛丑亢阳，园桂又迟开矣 / 110

路边新设一烤羊肉肆，且现杀现卖，群儿饕餮，食者相继。呜呼！彼羊者，亦含生之类也。当其觳觫就刃之时，凡属

有情,观之何忍。于是乎咏 / 111

工会组织教工至嬉子湖垂钓,余不擅此技,虽逐队而至,惟湖埂漫步、湖庄伴食而已 / 111

周中明教授整理校点之《姚鼐诗文集》搜罗颇富,著作种类远多于上古版《惜抱轩诗文集》,顷由黄山书社出版。省古籍办彭君华先生、胡中生教授不遗在远,惠赠一套,开卷心醉,良朋厚贶,当拱璧视之也 / 112

参加"桐城派与中国古代文章学学术研讨会"即席口占一律 / 112

裁襟励子文化园落成典礼感赋 / 113

由罗湖大桥遥望吾乡大沙河入菜子湖处 / 113

读史 / 113

游休宁木梨硔村,村在山之巅也 / 114

游休宁祖源村 / 114

安庆桐城方氏小南门贲巢暨小二郎巷老屋为同光以降皖地文人雅集之所,数十年间,诗酒征逐,颇多掌故。顷承皖江文化研究会会长汪军先生导引得游此地,俯仰今古,不胜陵谷之叹 / 115

出席"纪念方以智诞辰410周年学术研讨会暨首届桐城世家文化论坛"有感 / 115

桐城获批国家历史文化名城,奉题一律 / 116

夜深闻雁声有作 / 116

出席大型历史人文纪录片《桐城派》开机仪式,敬赋一律 / 116

游投子寺 / 117

读史漫兴 / 117

读史又咏 / 117

辛丑冬至感兴 / 118

史家高氏十年祭 / 118

桐城清河张氏七修宗谱告成奉题一律为贺 / 118

迁延 / 119

书家李鼎兄惠赠《方以智文物集萃》一巨册，读后感赋 / 119

辛丑腊月二十六预报大雪未果，至次日夜方小雪片刻，郁伊惝恍，次坡公尖、叉诗韵遣怀 / 120

壬寅元日开笔迎春 / 120

壬寅人日大雪次老杜人日诗韵 / 121

壬寅元宵枯坐遣闷 / 121

网闻口号 / 122

壬寅新春久雨初霁漫步遣兴 / 122

张泽国先生积学储宝，顷成《桐城历史考信录》一书由黄山书社出版，且不遗末学，惠赐一册，捧读失喜，奉题一律以志感也 / 122

张文端公墓坊修复落成典礼，不佞躬与其盛，敬次张泽国先生七律原韵抒感即赠张氏诸贤 / 123

雨霁行春 / 123

刘啸云先生巨著《近百年中国学人诗词及其诗论词论研究》出版，惠赐一部，敬题一律，以志其盛也 / 123

壬寅修禊望远 / 124

壬寅清明感时漫咏 / 124

壬寅伤春 / 124

漫师 / 125

无端 / 125

读史 / 125

天柱山大峡谷 / 126

潜山程长庚陈列馆 / 126

张恨水纪念馆 / 126

潜阳太平塔 / 126

壬寅端午感兴 / 127

栀子花开矣，即事感赋 / 127

赏野塘新荷 / 127

散步口占 / 128

向晚马埠槽漫步即兴 / 128

壬寅夏读史消暑感赋 / 128

壬寅夏读史消暑又赋 / 129

马埠槽近多野鸭，余向晚散步每喜赏看之 / 129

读《史记·秦本纪》，率题一律 / 129

黄梅曲 / 130

游仙一首 / 133

壬寅七夕 / 133

连日高温，漫吟以逐暑也 / 134

壬寅立秋苦热 / 134

壬寅七月十二，为余揽揆之辰。过此日，余生已甲子一周矣。
　岁月不居，思之能不慨然 / 134

公历八月十五为倭之投降日，俯仰今古，不能已于言也 / 135

午后云起作势未雨，殊失所望，彷徨无俚，惟吟诗消暑遣闷
　耳 / 135

连日酷暑，网闻感赋 / 135

壬寅久暑喜雨 / 136

壬寅中秋 / 136

秋荷 / 136

秋夜 / 137

壬寅秋兴 / 137

壬寅重阳前一日苦热 / 137

壬寅重阳市楼登高望远即兴 / 138

壬寅寒露气温骤降遣兴 / 138

野行口号八首 / 138

奉读业师万绳楠教授魏晋南北朝史专著三种感赋 / 140

壬寅霜降读说部感兴 / 141

读说部又赋 / 141

读说部三赋 / 141

夜读一首 / 142

夜读又赋 / 142

八音 / 142

后野行口号八首 / 143

壬寅穷冬中招感赋 / 144

游桐城文庙感兴 / 145

壬寅除夜小雨守岁遣兴 / 145

癸卯元春远望开笔 / 145

癸卯人日漫兴 / 146

癸卯新正远望遣闷 / 146

读安庆地方史著作二种,感赋一律 / 146

春阴怀人 / 147

适野望北归大雁即兴 / 147

癸卯情人节兼及近事戏作 / 147

癸卯雨水即景 / 148

癸卯早春二月抒感 / 148

癸卯二月野外游春感赋 / 148

内子于楼顶植一桃树,勤事浇灌,渐已长成。顷欲迁居,而于此树出处殊费周章。盖楼顶贫土瘠壤,不事浇灌,行将已矣。乃不嫌力费,移载于楼下园中,冀雨露时新,发三春之花,结九夏之实。斯可念也,爰赋以诗 / 149

癸卯春分连日小雨感赋 / 149

癸卯二月倒春寒 / 150

读刘梦芙先生《啸云楼诗词》感赋百二十韵

粤闻啸云楼，　　崔嵬临无地。

左拍天柱峰，　　右挹皖江水。

巨木森万行，　　云蒸敷霞蔚。

中有圣人徒，　　吐纳元龙气。

汲古得修绠，　　槃槃才不易。

刚柔日伐山，　　便便五经笥。

余事作诗人，　　三昧恣游戏。

吟咏从阖辟，　　宫商竞抗坠。

道艺岂殊途，　　风骚会深意。

沟通唐宋邮，　　疏凿诗词异。

挥霍风云笔，　　投艰无不利。

万物莫遁形，　　浚发天地秘。

奇思与妙想，　　大句足经纬。

摧刚为柔处，　　妙得味外味。

方今孰抗手，　　与古堪并辔。

多文信为富，　　恍入百宝肆。

六丁不取将，　　霏屑间钩致。

岂独走僵混，　　并可泣精魅。

尝鼎才一脔，　　饕餮每殊嗜。

铁网珊瑚编，何日适寤寐。
今夏草木长，失喜朵云贲。
开卷尽珠玑，大美无不备。
醍醐灌顶凉，讵止破午睡。
轻按金石节，深味第一义。
什袭珍藏之，摩挲殊感喟。
煌煌吾中华，文明破蒙翳。
岳峙渊渟久，博大莫思议。
屈指五千年，东西俱衣被。
诗虽为小道，并世亦顶礼。
天人贯冥搜，造微入真际。
诗人恒河沙，更仆难数记。
遥溯洪荒初，世风斯无伪。
野老歌帝力，击壤乐遐懿。
卓荦三百篇，诗教敦行谊。
方驾惟楚些，骚心感不匮。
两京乐府歌，天籁滋吾愧。
建安重三曹，风骨振叔季。
迤逦至六代，纂组等技艺。
陶谢真俊髦，覆帱均百世。
巨浸汇三唐，鱼龙赏壮丽。

李杜不世才，韩亦森可畏。
王孟淡可茹，元白精美刺。
他若温李伦，两部足鼓吹。
宋人鄙牛后，尚意树别帜。
苏黄腹笥丰，驱遣困万类。
意到遂笔随，视唐殊睥睨。
元明等自郐，纷纷徒辞费。
松雪女郎材，遗山欠纯粹。
七子迂可念，音节犹精锐。
公安市井儿，鄙俗待浣胃。
荆天棘地中，竟陵聊自慰。
起衰曼殊朝，流派鳞栉比。
轩轾任雌黄，要为有真诣。
无乃集大成，盛极难为继。
新会倡革命，九仞欠一篑。
而我悲绩溪，白话工狐媚。
引车卖浆语，不啻连城贵。
襁褓意蠢蠢，摇唇助既济。
遂使竺古者，而有负时累。
骸骨敢迷恋，诗教日陵替。
履霜知坚冰，弥天浩劫蔽。

万倍甚秦火，　秉钧发阴骘。
暴戾践文明，　诗词实微细。
华夏大文脉，　不绝如缕缀。
数典忘其祖，　沐猴冠倒置。
咄此革命功，　真风从告逝。
否极虽泰来，　重光庸可冀。
弥望尽黄茅，　何啻新亭泪。
亦有上庠师，　国粹日讲肄。
稗贩泰西辞，　附会那忌讳。
平仄间不辨，　诐辞诚无谓。
甚矣空腹辈，　高心破拘泥。
文理并不通，　贤者或掩鼻。
礼失求诸野，　化外翻扬觯。
得无华夏耻，　振刷待天畀。
惟吾啸云君，　挺生蜩螗沸。
青箱传家远，　醴泉孕奇慧。
名父蕉窗公，　四部均津逮。
亦玄亦史博，　诗词尤拔萃。
暮年卧床褥，　琢此瑚琏器。
开笔即唐音，　高亮引鹤唳。
生长山水窟，　固与烟霞契。

雄奇惊老苍，　待鼓青云翅。
翻遭磨蝎宫，　道途伤濡滞。
畎亩事耕凿，　占毕教童稚。
夜雨十年灯，　精进未降志。
抱璞龙虎姿，　光精谁能闷。
终展冲天翮，　大比屡折桂。
俱惊透网鳞，　三舍徒退避。
岿然诸大老，　青眼颇嘉惠。
东鲁圣人门，　入室称高第。
陶甄骨格奇，　一脉接洙泗。
西川冰茧庵，　文史融万汇。
往复凭鱼雁，　有扣无不遂。
四海饶选堂，　业备九能美。
亦此赏神隽，　法书情攸寄。
觥觥梦苕翁，　海内尊人瑞。
著作等身高，　盱衡觅法嗣。
奉手姑苏城，　大成许可企。
斯文寄仔肩，　诒负师勉励。
力行近乎仁，　任重洵弘毅。
吾皖社科院，　求贤亦拥篲。
拔置九天上，　政尔位其位。

宏开研究域，著述堆盈几。
薄海声名大，有以震凡耳。
即尔读公诗，沉潜何能已。
把卷想风仪，跂予望之矣。
何期公雅望，谬赏到鄙俚。
一言九鼎重，使我千日喜。
宜城初觌面，厥惟庚辰岁。
粹然君子儒，蔼蔼温而厉。
抵掌一席话，铭记入骨髓。
别后十年还，拂拭不一例。
益深知遇感，鞭辟久入里。
我今读公集，感慨有如此。
国粹有公等，安能听坠毁。
况闻中枢谋，欻已定宗旨。
凡百炎黄胄，推毂助一臂。
我愿望公尘，跛鳖追骐骥。
会见扶轮效，风雅入正轨。

天柱山诗会，梁东先生即席吟诵辛弃疾《南乡子》，慷慨悲凉，真天地间元音也。爰次韩退之《寒食日出游》韵，敬赋长古呈寄

沈侯作诗究声病，此事唐人意转盛。
拥鼻浩浩讽洪流，风度才情交相映。
梁公岂得不传传，造诣动与古人竞。
绝代稼轩豪放词，纷纷嬴尪那得咏。
元气淋漓推公能，叔世高吟堪矫正。
南渡英雄敌曹刘，北望抚髀时难更。
响遏行云弥六合，唾壶击碎讵委命。
末路转以才人鸣，千古一例资谈柄。
弥天悲愤借谁宣，泣下数行为公庆。
固知声音能入人，感物翻生桑梓敬。
海峰论文重诵哦，因声求气入幽夐。
此意惜抱殊广之，法门不二自作圣。
湘乡画像礼惜翁，雄伟深远得还并。
先正遗法嬗后学，公其承之抑天性。
从来声音与政通，理乱何知觇气横。
方今大圜厄阳九，举世滔滔滑欲进。
礼崩乐坏为物役，簠簋不饬孰自镜。
乱世之音怨以怒，桑间濮上征乖政。

一扫淫哇岂无时，　颓风当挽角弓劲。

公力倡之吾其从，　黄钟大吕终当令。

题张耕、江虹贤伉俪"画为媒"二回画展

三槐门第旧多才，　弓冶犹传二妙来①。

赁庑孟梁同气味②，　擘笺赵管各心裁③。

美如红袖添香入④，　清似白莲承露开⑤。

笔墨千秋此先卜，　熙熙待再赏春台。

游披雪瀑

秋冬难为怀，　古人先我语。

龙眠比山阴，　劣堪呼尔汝。

穷秋遣岑寂，　把臂集游侣。

负郭杀山势，　驱车逆可睹。

连塍积禾秆，　谷登业入庾。

---

① 张耕为清文华殿大学士张英第十二世孙。

② "孟梁"，指孟光、梁鸿。

③ "赵管"，指赵孟頫、管道升。

④ 江虹工仕女。

⑤ 张耕擅画白莲。

蓬雀噪新晴，遗秉饭饥鼠。
弥望枫绚红，屏蠹忽若阻。
骇然大壑开，巨灵曾挥斧。
荦确入杳冥，谷风侵肺腑。
路绝挹前瀑，一线缀若缕。
时当枯水期，崩雪憾未举。
拿口张广腹，罄巨直何补。
想当梅月中，千壑蛟龙舞。
拔木走山石，天地尽鼓努。
喧豗聚众流，势来莫可御。
银河泻九派，堕石迸飞雨。
潴为千尺潭，百怪生水府。
腥风噀人寒，思之犹栗股。
翻然蹈其背，继觅龙中处。
有亭堪小憩，缚茅岂戴祖。
曲涧溯且长，巨石卧如虎。
世无李将军，怵惕谁挽弩。
转喜清浅水，游鲦布三五。
返照潭壁上，摩挲宋题署。
前此惜抱翁，留连殊有取。
感慨成妙文，刻石惠游旅。

吾人尊先贤，　宝之非佞古。
而此山水情，　直可承遗绪。
庶寻舞雩乐，　深味五斗侮。
有如此行游，　浊气借一吐。
惜未访奇松，　日色已过午。
归来多余兴，　轰酒饱鸡黍。
醉中裁此诗，　得无讥鹦鹉。

仙龙湖即景

掠水轻舟惊鸟飞，　远山红挂夕阳肥。
晚风卷起鱼龙影，　愁看伊人缓缓归。

宣城谢朓北楼

驱车怵入市廛深，　十丈红尘感不禁。
坐失修眉浮远岫，　只余麻雀噪平林。
六朝诗兴归清发，　百代文心借觅寻。
那得开关北楼上，　临风怀约谢公吟。

登敬亭山至太白独坐楼戏作

北郭名山开画图， 遮天竹海绿平铺。

路如楚女束腰细， 人似吴牛喘月粗。

岚气看扶双塔立， 花光引坐一楼孤。

敬亭序继兰亭序， 妙语联成美且都。

谒青山李白墓

春山如笑镜中涵， 卅载心仪此共探。

差喜寻诗门不二， 尚怜邀月影成三。

并时子美难兄弟， 异代玄晖许靳骖。

一卷何尝憎命达， 千秋咀味有余甘。

晴窗展读风清网传徐战前先生《合肥别刘梦芙先生》一律并诸公和作，精思健笔，卓有风骨，与时下浮响肤辞者流区以别矣，爰次原韵却寄

大患犹存物外身， 新诗起我力依仁。

填胸磊块轻余子， 济世风骚重替人。

意气高时欲存鲁， 霜锋及处可亡秦。

恰同积月雾霾尽， 留对春阳赏本真。

次啸云师韵感时

金瓯新奠泰山安，　盈耳纶音拨置难。
挟纩殊怜三伏暖，　吟诗尚怯五更寒。
齐家无处室虚白，　蠹国有人颜渥丹。
领略牵丝游戏意，　莫成轻命倚危栏。

重登天池峰望天柱峰

廿载前曾照影回，　山灵无恙拂云开。
又看一柱擎天立，　八皖风雷孕此来。

谒潮州韩文公祠一百韵

南来三千里，　幽赏觅此处。
风物冠岭东，　尤得人文助。
山擎笔架立，　江犹以韩著。
蹑级破空青，　倏尽大衍数。
郁郁四大字，　历劫靳题署。
橡树渺无存，　木棉龙虎踞。
弥天张素书，　业勤警逸豫。

碑刻何琳琅，　笔力惊脱兔。
千秋仰止心，　伊谁罄积愫。
瞻谒端居姿，　栩栩可言晤。
眸子焉廋哉，　一若有远虑。
想公生不辰，　五鬼蹙世路。
君子讵忧贫，　所忧道迷误。
维时二氏横，　猖狂阻天步。
仁义充塞余，　直为斯民惧。
抉经执圣权，　卫道公殆庶。
鸣鼓攻异端，　遂撄庸主怒。
那惜衰朽质，　翻谪南荒去。
人情何能堪，　公也安若素。
有如居九夷，　岂以陋自恕。
素其位而行，　即此天所予。
殊同以资迁，　夙夜勤治务。
洞究滨海俗，　计庸免典雇。
紫稻盈南亩，　鱼蟹渐饶裕。
潮人乐陶陶，　闾阎歌五绔。
仁民遂及物，　物有蔑王度。
据处肆饕餮，　暴虐殊可恶。
睅然争长雄，　如公岂阿附。

人亦可茹柔，　公则刚不吐。
露布祭鳄文，　继以治鳄具。
先施而后诛，　张弛见善驭。
终驯冥顽灵，　丑类南徙遽。
物我均相安，　进增生人趣。
既富且庶矣，　一何多建树。
而公视不足，　得非文教故。
州学废日久，　王庭贡未赴。
治民首教化，　端赖学校布。
十室有忠信，　此州焉别骛。
忠孝行不劝，　尸位鄙禄蠹。
乃捐膏火资，　拔尤择良傅。
敬敷五教成，　余事到章句。
庶兴恺悌风，　海滨俨邹鲁。
尊公百世师，　崇祠范金铸。
饮食必祭祀，　千载有余慕。
竭来丁艰屯，　狂澜莫砥柱。
似公强项者，　畴能旦暮遇。
遂听世情非，　种种堪咒诅。
作俑咎谁尸，　西学应控诉。
始以进化倡，　新变即福祚。

次为民权竞，庸众尽可预。
卒乃重科学，蒙昧蹶然寤。
凡百卮言出，一察自吹嘘。
格以子所绝，殊属意必固。
哀哉耳食流，嗜膻趋若鹜。
大道日摧颓，甘为西奴倨。
进化何由适，竞利猛如虎。
民权胡为张，窃国打诳语。
科学底以尊，役物丛怨府。
夫道一而已，此是彼必措。
以夷变夏道，其与仁龃龉。
道存国斯存，儒可医沉痼。
弘道是在人，韩公殆可伍。
人则兴于诗，诗教尤关注。
一昨韩师院，海内髦士聚。
高文论诗教，拨乱反令誉。
不意正始音，此日方餍饫。
溯自五四来，民粹沛莫御。
千金重椎轮，敝屣弃大辂。
诗词当其冲，首被谥陈腐。
锻炼三字狱，忍心加刀锯。

转乞田舍汉，僭窃风雅主。
小人甘下达，抵死犹不悟。
诗词乃奇葩，厥品自天赋。
风骚开传统，源远流有序。
百代富作手，遑论陶李杜。
屈指廿世纪，尤堪称翘楚。
不见秦威下，百舌学鹦鹉。
惟此游夏徒，谔谔莫能侮。
执简书国难，取瑟歌民苦。
以视犬儒辈，嫶妍殊无取。
人格即诗格，端在脊梁竖。
委身媚势要，究难避钺斧。
君看弄潮儿，斯须虎变鼠。
以之方彼美，冠冕定谁许。
是故所系大，与道隆污屡。
当其声光熠，天地亦错忤。
吾人于此际，明夷利撑拄。
风雅勤扶持，元气力培护。
盱衡神州内，岂少道义侣。
即如韩江畔，弦歌犹健举。
传道复授业，远承韩公绪。

诸生皆通方， 于以受惠普。

吟声满天地， 诗卷写旁午。

陶成君子德， 孰谓世无补。

是则赖贤劳， 功在诗教巨。

韩公若有知， 亦当颔首俯。

吾知之何斯， 知之韩祠庑。

韩山青苍苍， 韩江入海舞。

任重而道远， 要当一气鼓。

安得起韩公， 伫看鲲鹏鬻。

韩山雅集

新知旧雨集南华， 玉屑霏堪笼碧纱。

大雅能扶凭只手， 微言相感动千家。

殊无绝诣从挥麈， 渐有功夫到吃茶。

格磔钩辀闲处领， 此来端不负侯芭。

湘子桥漫步

仙凫一去慕韩多， 千载桥犹名未磨。

飞阁高宜招海月， 连舟轻可擘江波。

不辞驴马年年渡①， 肯许蛟鼍日日过。
徙倚前人定输我， 榷关勿怵吏讥呵②。

十一日上午，脂车待发，犹与诸同人觅间游祭鳄台。
好古成癖，韩公有知，当亦为之胡卢

道敝文衰任一身， 南荒宣化属斯人。
逆鳞甘犯江湖险， 祭鳄苦全天地仁。
古渡风犹轻利涉， 新亭碑侻重儒珍。
神州尽有恶溪恶， 淑世谁思与德邻。

南海泛舟至汛洲岛次顾亭林《海上四首》韵

一

草玄不觉二毛侵， 问字何人载酒临。
遍地淫哇生兴浅， 周天萧瑟入秋深。
南来旧雨收三益， 北至新诗敌万金。
胸次狂能吞涨海， 骑鲸跋浪仗同心。

---

① 用赵州从谂禅师典。

② 方志载："郡县以广济桥为盐船所必经，乃始榷取盐税。"

二

沴气如盘兀自哀，　了无片土可登台。
识时待诏掇臀去①，　洁己巢由洗耳来。
山岛蒸云擎日立，　疍民踏浪网鱼回。
砰訇鼓怒排天地，　喝起乾坤赋海才。

三

连云鸥鹭下平沙，　玉斧挥曾属汉家。
缅眼烽烟生海徼，　惊心鼠雀讼天涯。
纵横易诩仪秦策，　寥落难寻博望槎。
修德弭争非计晚，　鲁戈看挽夕阳斜。

四

黄图卅载困愁城，　开放风潮表海生。
成败多关刀笔吏，　后先少系乐忧情。
苞苴富可营三窟，　廉耻寡真羞九京。
鱼烂土崩谁管得，　伤心不独为秦嬴。

---

① 叔孙通，秦时以文学征，待诏博士。"不知时变"，叔孙通讯鲁诸生语也。见《汉书》本传。

游颐园感兴

布衣气象重山林，　百折园深向往心。

挂眼壁诗纱尽笼，　隔江祠宇月平临。

九能才备可铭石，　六学业精思铸金。

托命真堪继寒柳，　天风听鼓伯牙琴。

《吴宓日记续编》读后

沧海横流计已疏，　风标犹见溺冠余。

井中函史光难掩，　壁罅藏书秽易除[①]。

鬼蜮谈能追玉局，　人情摹殆胜虞初。

刳肝沥血斯何世，　入骨哀深孽子如。

《林纾年谱长编》读后

岿然一老障横流，　礼乐犹能尊孔周。

十谒悲情怜顾绛，　百磨坚操重黔娄。

文章力挽桐城局，　译笔宏收海国秋。

择善由来当固执，　超超最鄙是闲鸥。

---

① 魏收《魏书》任意抑扬，人称"秽史"。

潘伯鹰先生《玄隐庐诗》读后

火传一范笔原超[①]， 吸尽西江腹更饶[②]。

小说何尝干县令[③]， 大鹰要自戾云霄。

言微轸恤黎民隐， 盆覆悬思日月昭。

便当定哀诗史读， 郑笺不厌作寒宵。

刘凤梧先生《蕉雨轩诗钞》读后

历劫精魂守此编， 含今茹古妙谁诠。

元音不落三唐后， 逸品能加两晋前。

悯乱泪看扪字湿， 活人术待勒碑传。

承家自有凤毛美， 跨灶才真慰九泉。

---

① 潘先生师承桐城吴北江，为范肯堂再传弟子。"军中有一范"，宋人谓范文正公语也。
② 潘先生有《黄庭坚诗选》。"一口吸尽西江水"，马祖语也。
③ 潘先生早年曾著小说数种，名噪一时。"饰小说以干县令"，《庄子·外物》语也。

刘梦芙先生《近百年名家旧体诗词及其流变研究》读后

百年直见海扬尘，曲学阿时妒道真。
立说谁能崇国本，论诗彼可代家珍①。
沉沉漆室余孤咏，落落玄珠待博询。
自是弥天疏凿手，一编卓荦案翻新。

第二届国诗大赛忝为评委，凡两阅月蒇事。顷赴潮州参加颁奖仪式，先成一律却寄与会诸公

百年风雅寂无闻，余子纷纷讵策勋。
乱世浮音悲郑卫，殊邦奇字愧扬云。
寸毫力可扛千鼎，大纛健能张一军。
于野同人看入彀，高歌殆不数横汾。

---

① "彼可取而代也"，项籍谓嬴政也。见《史记·项羽本纪》。

重上九华山

云里芙蓉九朵开，　支筇又到上方来。
法参鹿苑证空久，　僧仰鸡林示灭才①。
鹫岭力难消浩劫，　娑婆业易孕惊雷。
诸天清梵度炎暑，　第一难忘是此回。

重读唐王之涣《登鹳雀楼》感赋

嗟余束发读唐诗，　如饮醇醪不觉醉。
国于天地与有立，　人文熠熠斯为贵。
是谁囊括一世豪，　弥天聪明借鼓吹。
万物纷纭挫笔端，　缘情绮靡入美备。
宛似百川汇巨浸，　名章络绎不自閟。
就中旗亭画壁手，　蕞尔短章尤颖异。
朗吟更上一层楼，　顿觉洪钧转一气。
不啻五言敌长城，　龙象力足振盛世。
因思诗者非小道，　盈虚殊自关兴替。
九天阊阖开宫殿，　惟唐诗堪相表里。
晚近国运渐不竞，　诗耶文耶并受累。
稗贩泰西黠者谁，　忍看国粹敝屣弃。

---

① 九华高僧自金乔觉以下，多有肉身证道者。

遂使风雅成绝学，并世鄙吝识何味。
天意从来存剥复，郁极而发反掌易。
比见举世属震方，周邦维新富经纬。
越唐迈汉名宙合，诗国疆拓得无类。
润饰休明恃人文，华夏诗教终广被。
即如蒲坂久濡染，诗乡当之庶无愧。
我今三复黄绢辞，胸次郁勃兴不匮。
安得把臂王季凌，鹳雀楼高振风袂。
极目华夏复兴日，诗涌黄河排天地。

杨艺平作草歌

彼何人斯在林薮，清光烂烂照座右。
千岁溪藤丈八宣，解衣磅礴撼松牖。
凿破鸿蒙惊落笔，继看二仪生妙有。
导之泉注顿山安，一气斡旋龙蛇走。
五合还凭力运成，翰逸神飞殷雷吼。
取譬何啻屋漏痕，不乱之乱尽纲纽。
匹似风起渙文生，又如星错九天九。
须臾已尽十余纸，墨沈淋漓倾十斗。
意气直到王铎前，颠张醉素几拜手。

因叹余子徒纷纷，　千古真传空在口。
枵腹高心讵能书，　纵横涂抹费缚帚。
草乖使转那成字，　鄙吝满纸征速朽。
芥壁涴眼诚何心，　滓秽太清不自丑。
岂如杨子真健者，　勿矜小智堪大受。
楷法精详草不迷，　匆匆何暇署某某。
撑肠更有书万卷，　诗法琴理研之久。
陶甄自不阂通规，　天机深者中有守。
神明顿见此作中，　潇洒出尘绝外诱。
张之萧斋辉素壁，　山林气象斯吾偶。
一赏欲浮一大白，　酒户殊隘呼负负。
杨子杨子诚可人，　今夕何夕值此友。
绝艺惠我憺忘归，　群动渐寂月在柳。

恒文兄以所作册页一帙见惠，书画并美，清气逼人。
良友佳贶，何以为报，爰作俚句以铭感焉

我本枵散人，　劣知好书画。
虽无千金藏，　退能求瓜代。
插架八百轴，　差堪敌宝绘。
晴窗展玩之，　惬意斯为最。

岂惟赏翰珍，用可外利害。
尚友百代前，斋心生天籁。
有贤者倪君，潜知吾所爱。
锦帙十三帧，嘉惠殊慷慨。
开卷惊二妙，清气沁腑肺。
元画尊逸品，斯能入其内。
苏书殊烂漫，斯亦承其派。
画从书中出，力可透纸背。
铭心真绝品，嗫嚅敢置喙。
坐慑南宗神，奕奕端此在。
书画君家学，数典吾能对。
君家清閟阁，寄迹人境外。
惜墨每如金，萧散淡无颣。
继之倪文贞，岳岳重鼎鼐。
端严生狂放，理新饶异态。
远绍属云礽，振起得无再。
方今艺苑中，不乏欺世辈。
笔墨等于零，躐等饰芜秽。
其言伪而辩，翻使真传晦。
国画视笔墨，江河有不废。
诐辞乱俗耳，力辟能少贷。

书画贞一理，可惋在破碎。
诸艺当兼修，此意君最会。
写尽三千纸，骎骎无暂懈。
间游京师还，优入新境界。
大成直可期，胡须待蓍蔡。
庶几振家声，进无远弗届。
文章出桐城，书画宜克配。
摩垒树别帜，君其奋一介。
三立固足贵，游艺亦堪佩。
是可宝斯册，即小赏大块。

南澳岛谒陆秀夫衣冠冢

南来持一旅，琐尾欲何依。
只手补天缺，孤忠蹈海飞。
求仁心莫憾，养气鬼能威。
劫罅留抔土，千秋犹可希。

四月二十五日午后，偕诸诗友由花亭湖乘船至牛镇，参观诗教成果展览

倾怀且覆掌中杯，　一舸犁波过午才。
最远山疑谪仙住，　至清水诧跳鱼来。
风尘颒洞心初定，　诗卷纵横眼忽开。
遄景谁能追火急，　夕阳在树晚钟催。

四川省诗学会成立大会召开，敬赋一律呈杨启宇先生

上流藻发自安便，　峻极峨眉翠扫天。
迁蜀杜陵方入圣，　出川李白本为仙。
绝无大节惭前辈，　定有高文起后贤。
诗国又看新壁垒，　搴旗待着祖生鞭。

第三届国诗大赛颁奖仪式于粤东揭阳举行,网读获奖诸作,效山谷体奉题一律

中兴人物聚天南, 揖让而升乐且耽。
扬己能收风格独, 探骊勿恃达尊三①。
世情历处茹荼苦, 诗味回时啖蔗甘。
青眼高歌望诸子, 唾壶击缺酒微酣。

丙申端午

当关仍虎豹, 屈子怨谁惩。
戚戚民方殆, 梦梦天可憎。
怀沙徒自毙, 颂橘实难凭。
蒲剑迎风舞, 歔欷负尔能。

谒朱邑墓

桐乡人爱我, 自信莫如公。
尽己恤民隐, 当仁赞化功。
碑犹铭令德, 世已替高风。
地下能无憾, 应叹吾道穷。

---

① "达尊三",见《孟子·公孙丑下》。

牤牛背水库大坝漫步

为赏一湖碧，　培风霄汉间。
丛兰君子谷，　细雨米家山。
击汰颇璆玿，　杵钟尘梦还。
诛茅如我许，　不啻住仙寰。

潜山官庄

翛然尘网外，　来入此山深。
万木撑云表，　千家聚谷阴。
移风赓礼乐，　造士冠儒林。
谁忆石泉上，　曾听戛玉音。

怀宁三鸦寺湖

祖宗吉壤对湖波，　记得垂髫曾一过。
久徙苇村居北岭，　方生春水漫阳阿。
小舟短楫网鱼少，　大道长桥度客多。
似带杨林伸左股，　经行好看镜新磨。

马埠槽

阒无人迹水纵横， 百顷荒寒野趣生。

穿岸杨枝巢鹭密， 遮天荷叶浴凫轻。

推敲郊岛诗难就， 摹写云林画易成。

耽寂何妨时一至， 静听群动格心兵。

"海岳杯"诗词大赛复赛、决赛评竣，敬题一律

风骚以降代诗兴， 骸骨谰言未足凭。

当得审音分雅郑， 敢矜识味辨淄渑。

宪章李杜才犹奋， 凌藉苏黄气已能。

铁网珊瑚定无憾， 际天海岳看抟鹏。

游媚笔泉，怀姚惜抱先生

压眉浓翠挹龙眠， 逭暑聊为白石仙。

入草惊蛇文示法[①]， 出林飞鸟语通玄。

浅人昧道甘钳市[②]， 高士知几莫蹈弦。

一记超超诵千古[③]， 圆池坐对味真诠。

---

① 池中石上有蛇。

② 山径多设野猪夹。

③ 惜抱有《游媚笔泉记》。

游碾玉峡

大壑松风沁肺肝，　　翛然溽暑作祁寒。

看山车已历千折，　　听瀑人刚上百盘。

天外鼓琴声浩浩，　　峡中碾玉雾漫漫。

从吾丧我入冥合，　　莫怵尘嚣乱五官。

丙申中秋，台风将至，阴雨无月，亲朋莫聚，彳亍斗室，勉成一律以资排遣，时天宫二号正发射升天也

扰攘人间气已苍，　　佳辰独剩揽秋凉。

不成对月思千里，　　却看临风阻万方。

哀乐中年谙世味，　　盈虚午夜爱书香。

九霄正有新消息，　　寂寞嫦娥逐舞狂。

丙申中秋后二日，台风甫过，李国春先生组织文联诸公赴练潭赏月，邀及下走，欣然应命，先呈一律以助兴也

否极泰来诗兴遒，　澄潭约放水云舟。

一轮待赏九天月，　百斛看销万古愁。

仲则流玩坐空馆，　阳明清咏动高楼。

此行也作千秋想，　寄语诸公可自谋。

丙申中秋后二日，与文联诸君漫步练潭河堤赏月口占

月色清时兴自生，　翛然裙屐萃蓬瀛。

中天看进一轮满，　下界舞回三影成。

露降真能存夜气，　蛩鸣遮莫噪秋晴。

且珍四美并难得，　坐忘鸡虫博利轻。

某杂志生祭

宽柔以教则南强，　廿载潜扶善类昌。

直笔过秦言谔谔，　雄文张楚气堂堂。

求仁未免婴鳞逆，　守义终难作虎伥。

已失君形怜索寞，　弥天一卷不亡亡。

祭大唐诗人王摩诘先生文

　　维丙申年十月某日,持社同仁,谨以清酒庶羞,致祭于大唐诗人王摩诘先生之灵。

呜呼先生,大唐诗老。佩芷袭芳,声闻矫矫。
方驾李杜,别具才藻。学兼华梵,艺进乎道。
以之为诗,咳唾皆好。陶冶刚柔,潇洒尘表。
生面别开,望气知宝。诗能穷人,忧心悄悄。
蹭蹬下僚,莫展怀抱。安史乱起,风尘俶扰。
崎岖穷途,絷诸狂狡。乃心西向,罔间昏晓。
托辞微讽,峻节是保。锋镝余生,身心相离。
肝胆虽热,风规渐移。亦官亦隐,不惠不夷。
栖迟辋川,弹琴赋诗。诗中有画,神韵自随。
表里澄澈,大音声希。立宗开派,嘉惠来兹。
巍峨炳烁,云汉昭垂。今我庋止,山右县祁。
敬奠酒浆,式告心仪。冀先生灵,安帖雍熙。
佑我斯文,百年起衰。呜呼尚飨!

祁县古县村谒王维衣冠冢

梨园深处卧崚嶒，　想见高人王右丞。
万里旅魂依碧月，　千秋遗蜕吊青蝇。
郁轮袍妙虚能赏，　辋口诗雄洵可称。
收拾筝琶归俗耳，　宗风长仰一龛灯。

参观祁县红海玻璃文化艺术园

绕指柔成百炼钢，　葳功似看善刀藏。
抱冰澡雪神俱适，　转绿回黄色尽扬。
利券已操行海国，　儒风犹望起珂乡。
华严珠网妙相摄，　俭腹辞穷莫可方。

谒王维衣冠冢，驱车经山西昌源河国家湿地公园，即景口占

蒹葭风至水拖蓝，　云影波光诗兴酣。
著个载人黄篾舫，　咿呀绝似到江南。

由太原南归飞机上书所见

铁翼培风霄汉来， 乾坤朗澈净无埃。
茫洋云海尤难忘， 十万莲花映日开。

"海岳杯"诗词大赛颁奖典礼感兴

掞藻摛文出一头， 小成莫可限骅骝。
抡才自有千秋计， 要使风骚振九州。

大巴误入中州商丘境内，道路泥泞坎坷，殊不堪行驶也

南都风物缈无端， 荦确剩歌行路难。
一片杨林萦矮屋， 弥天秋雨中人寒。

参观古井集团地下"无极酒窖"

巨瓮何年作队成， 地能藏宝比琼英。
莫疑丞相夜为盗， 百斛真甘了一生。

观建安文学展览感赋

一

建安风骨自堂堂，　八皖文雄推大邦。
后起桐城分半席，　三曹恰可敌姚方。

二

谯郡桐城角两雄，　千秋坛坫建奇功。
是丹非素真何益，　不废江河论自公。

曹操地下运兵道

五军八阵逊斯工，　毕竟阿瞒以诈雄。
旗鼓堂堂败无悔，　千秋惟见宋襄公。

华祖庵

回春术可比长桑，　活国活人功两当。
相厄宁知尊鼠辈，　佳儿起死惜无方。

花戏楼

轮奂名楼莫与俦， 岳关风义各千秋。
登场袍笏休轻觑， 能事堪销万古愁。

南归

漫天秋色压归装， 淮北淮南橘正黄。
检点行程刚二日， 小诗收拾入奚囊。

咏柏堂前双柏

童童如盖得天全， 斤斧难伤壑可专。
八百年来撼风雨， 要留文脉在龙眠。

谒柏堂书屋遗址感怀

昆明劫至又扬灰， 一老支筇岩穴来。
俟命长存忧国念[1]， 著书暂养济时才。
山陬水澨宾鸿集， 霁月光风怀抱开。
虑患九原如可起， 礼崩乐坏不胜哀。

---

[1] 方宗诚先生避乱鲁谼时著有《俟命录》十卷。

许咀杂咏

一

啮草乌犍背噪鸦，　泥塍遗矢压花斜。
耕田耙地今休问，　装点湖山亦足夸。

二

湖草当风望不分，　离离青入半天云。
最宜贴地藉茵上，　仰卧闲看落日曛。

三

清秋雁集北风凉，　满地江湖足稻粱。
饮啄宜防矰缴密，　南飞长恐不成行。

四

绕篱鹅鸭聒秋凉，　菜把盈畦杂土芳。
老屋支离楼渐起，　湖乡卅载有沧桑。

五

牛啮湖壖青草香，　雁排人字碧天长。
都来摄影凭君取，　照眼秋光尽入囊。

参观安徽省桐城市金阳钢构建筑公司感兴

创业艰难志未寒，廿年缔构见鹏抟。

考工理念宗经史，济世情怀抉肺肝。

七宝楼台弹指现，千珠帝网幻天看。

新诗那得形轮奂，惟放观成杯酒宽。

与诸文友登栲栳山

名山附郭在云端，脱颖峰尖系日丸。

登陟间逢羊作伴，休闲久听鸟鸣恋。

生公说法头能点，叶子饮冰心未寒。

绝顶徜徉空四野，江湖满地画中看。

崇州丁酉人日诗会用高达夫《人日寄杜二拾遗》韵

恫瘝在抱寄草堂，间关那得归帝乡。

万丈峨眉开胸臆，九曲锦江涤诗肠。

后世子云几人预，风雅道衰煎百虑。

振衰起弊建鼓旗，端在杜老啸歌处。

剥复之际约讨春，潇洒想可出风尘。

寄语诸公莫悭吝，一枝别寄陇头人。

丁酉端月观嬉子湖夕照口占

当春杨柳斗轻寒， 落日镕金下远山。

渔父鸣榔归底处， 浮家只在水云间。

春感

踠地长条系夕阳， 暖寒未定欲迷方。

眼中宙合盈兵气， 梦里觚棱凛剑霜。

钳口只听娇鸟啭， 收身待看蛰龙翔。

是谁慰我同窥宋， 一树邻梅开过墙。

丁酉新正与诸友人访勺园，园为方宗诚、方守彝、方守敦诸先生故居也

绝胜昆明觅劫灰， 九间楼倚古城隈。

裁红笔掣蛟龙力， 蓄翠柏收廊庙材。

东壁图书余邺架， 西园翰墨付蒿莱。

闲听老媪谈陵谷， 别有贞元朝士哀。

西蜀杨启宇先生《屠龙阁存稿》行将付梓，敬题一律

当代擎鲸手，　轩然卑尔曹。

笔收三蜀秀，　才竞五峨高。

傲骨尊陶令，　鸿毛藐董逃。

擎杯遥致庆，　酒涌锦江涛。

皖雅吟社成立抒感

仔肩重莫渎齐盟，　八皖早收风雅名。

季汉人才尊邺下，　弥天诗派重桐城。

撑胸喜蓄琅书富，　塞耳愁听瓦缶鸣。

突起异军看剥复，　黄钟大吕遏云横。

暮春同友人登大横山

驱车攀峻极，　荦确未曾经。

蟠地江湖白，　际天松石青。

一碑嘲秽史，　八桂炳英灵。

吹万何能已，　洋洋盈耳听。

读《陈寅恪诗集》

学精华梵冠神州，　余事犹争第一流。

名父难兄才独奋，　刚经柔史笔同收。

砍头诗喜砭狐鼠，　埋骨文伤呼马牛[①]。

瀹茗篝灯千遍读，　馨香合置百层楼。

楼居

大药换凡骨，　仪型莫我如。

艰难憎世浊，　潇散好楼居[②]。

迥出风尘外，　差全浩劫余。

天低红稻卷，　山远翠眉舒。

秋夕春朝永，　风清月朗初。

长歌樽有酒，　暂叹食无鱼。

邈矣北窗梦，　苔焉南郭嘘。

退藏明老义，　洗伐嗜庄书。

插架三千密，　谋身八面疏。

陆沉从聒聒[③]，　蝉蜕倘徐徐。

把臂欣挥麈，　科头鄙曳裾。

---

① 陈先生诗："平生所学供埋骨，晚岁为诗欠砍头。"

②《史记·封禅书》："仙人好楼居。"

③ 拙荆屡以书多压塌楼板为言。

江湖甘处此， 魏阙懒存渠。
帝座通呼吸， 灵台拨毁誉。
任情游造物， 知命戏浮苴。
莽荡闾阎上， 充然啸太虚。

听古琴曲《广陵散》感兴

孰云人琴亡， 盈耳商声劲。
划然入轩昂， 金革杀伐盛。
慷慨激懦庸， 裂眦欲挽硬。
壮兹轵井人， 濡忍非厥性。
《春秋》大复仇， 而况杀父更[①]。
寸铁灭彼獠， 皮面决眼并。
端赖女嫈贤， 赴死表聂政。
侠义动千秋， 贞刚殊相称。
岩岩嵇叔夜， 刚肠疾强横。
异代相感深， 操缦心手应。
愀怆伤其类， 激越斥便佞。
季世殊难免， 终为法所诇。

---

① 据《琴操》载，《广陵散》系由战国聂政报韩王杀父仇事演绎而成，此与《史记·刺客列传》所记者稍异。

鸾翻虽云铩， 大乐禅有命。

直使百代下， 赏奇尚生敬。

方今世浊溷， 士风尤不竞。

伛偻权势门， 舐痔强颂圣。

骫骳从所为， 捷慓利莫剩。

孔曰寒后凋， 孟云养气胜。

悖兹圣人言， 婀娥谁矫正。

安得广陵散， 骇神耸众听。

弥天金石音， 一起犬马病。

寿杨启宇先生七十

秋泛瑶觥寿可期， 岷峨皓月照芝眉。

几人杖国心无恙[①]， 一技成家腹有诗。

南部新书时砭恶， 东林旧党日忧危。

明夷珍重堂堂在， 强健真关揩地维。

---

① 《礼记·王制》："七十杖于国。"

北来祁县参加第三届"王维诗歌节"暨第二届"海岳杯"诗词大赛颁奖大会,适逢重九,爰吟一律以遣兴也

异乡端不怯身单, 旧雨新朋此聚欢。
脱手诗分三晋美, 扬翎鹤警九秋寒。
庾尘莫障龙山影, 陶菊宜簪髦士冠。
海岳抡才添故实, 题糕赏竞写冰纨。

游祁县昭余古城渠家大院

天光耿耿日当午, 发兴来探古城古。
阛阓骈阗列肆班, 深藏若虚尽良贾。
渠家大院尤峨峨, 垄断半城传里语。
振古巨室盈晋中, 若论闳壮斯为祖。
县鄙乔宅暴得名, 以彼形此首则俯。
婀娜荧屏借齿牙, 循名责实徒自诩。
莫若此院有诸中, 光熠无碍识者许。
取譬高士拟于伦, 大隐隐市殆其伍。
喧寂何妨异炎凉, 真赏惟在相尔汝。
十丈宫墙挹过肩, 百官之富艰于数。

长廊广庑曲如虹，重闱幽闼业无主。
遥想奕代事懋迁，服牛乘马行役苦。
左海茶贩俄罗斯，风虐雪饕莫我阻。
广开财源非无由，义利之辨殊有取。
惟诚惟信方感人，富而好礼孰能侮。
历劫只余楼崔嵬，贾道儒行犹可与。
朅来海内利源开，操赢致奇驵侩聚。
既富骄吝况其仁，朘财役贫猛于虎。
叵耐侈谈富润屋，画栋连云斯怨府。
何不取鉴祁县渠，枉驾濡染化愚鲁。
导游辩给振聩聋，皤腹便便究莫睹。
回首游人余两三，秋气磅礴木叶舞。

雨雪感兴,次东坡尖、叉韵

一

霁曀同云飞玉纤, 缘甍冒栋透风严。
惠施觭见山平泽^①, 安石称扬絮胜盐。
纳垢藏污徒表表, 悬河决溜定檐檐^②。
弥天颂圣歌祥瑞, 谁惜穷黎堕指尖。

二

雾雾雨雪冻栖鸦, 闭户真回长者车。
摊卷高吟横槊赋, 围炉闲赏落檐花。
灭生殊未空三界, 忧乐还能通万家。
珠玉在前怜俭腹, 消寒何敢斗尖叉。

---

① 《庄子·天下》:"天与地卑,山与泽平。"
② 《世说新语》载顾恺之云哭之状为"鼻如广莫长风,眼如悬河决溜"。

岁寒读史杂咏二十首

一

力命居然蹈大方，　沉沉伙涉气昂藏。
乃文乃武汉高祖，　予智予雄秦始皇。
遏绝神州存一线，　控抟黔首掩三光。
弥天棺椁戢干腊，　坐看子胥鞭北邙。

二

神州鼎沸忆前尘，　龟鉴谁珍劫后身。
崔子已然张秽史[①]，　贾生终得过狂秦。
倒持国柄猱升木，　横制民岩泥在钧[②]。
却喜梅花能破闷，　消寒好仗瓮头春。

---

① "崔子"，指崔浩。
②《尚书》："用顾畏于民岩。"

三

将倾大厦费弥缝， 虑患终看掣剑锋。
象魏书能擒伏虎， 轮台诏未罪飞龙。
居然汤网开三面， 毕竟尧天高九重。
岁暮朔风飘瑞雪， 洋洋盈耳颂年丰。

四

大国治如烹小鲜， 老聃此语可深诠。
犁庭不惜民颠沛， 拨障聊看天转旋。
渊默雷声生腊后， 承平梦影破春前。
鸣琴化洽君须记， 割锦操刀莫自贤。

五

真看弭谤有心传， 谔谔风颓语入玄。
吉网罗钳威海内， 潘尘祝舞媚尊前。
纷拏德政添新格， 落寞神州替旧年。
学得金人欲缄口， 杜门参破老婆禅。

六

大念长图莫若愚，　牧民有道执鸿枢。
灵丹旧乞西王母，　端冕新尊东鲁儒。
非马非驴看曼衍，　公才公望付胡卢。
明夷待访知何日，　漫数穷冬节物徂。

七

卅载维新振旧邦，　六张五角费思量。
徒憎王莽违天易，　坐惜荆文争利忙。
贴妇卖儿生意尽，　煦仁孑义惠风扬。
平平皆颂无偏党，　大好家居日发皇。

八

上庠有术可逃秦，　抃撶斯文寄此身。
设帐马融耽女乐，　横经董子恋枫宸。
先贤风概蘧蘧梦，　后学津梁落落春。
腾笑取讥俱可了，　逍遥自胜葛天民。

九

陵暴大千能自任，　咎征历历悖天心。
未看明月生东海，　渐觉阴霾笼上林。
饮啄堪矜玄圃近，　歌呼终觉绛宫深。
家居撞坏寻常耳，　莫碍纤儿正摸金。

十

苍天垂死蛰龙飞，　斩木揭竿如水归。
垄上辍耕言已食，　人间兼爱事仍非。
托身尽失弹丸地，　延命惟怀咫尺威。
皂隶舆台驱使在，　泥涂看颂日晖晖。

十一

扫地衣冠百未存，　四民颠倒此为尊。
今时戢影藏蓬户，　当日铸金悬国门。
钟虡差同牛马比，　数奇端向鬼神论。
岁云暮矣风飘雪，　谁念千家席不温。

十二

剑花市井气相于，　别有苞苴收效殊。

灞上棘门儿戏耳，　牧猪屠狗将才乎。

耀兵鲸海神山远，　振旅鲲洋客梦孤。

碌碌无奇看颖出，　风云变色听嵩呼。

十三

弹筝搏髀不狂狂，　那得乐行民向方。

濮上桑间征世乱，　梨园鞠部见人望。

言多只可颂优孟，　帛少岂能酬杜娘。

一卷伶官传当味，　唐庄宗继李三郎。

十四

病坊偃蹇未除苛，　救死扶伤玷可磨。

九折成医人有几①，　十全稽事岁无多②。

辇金输帛源源尽，　涤脏湔肠冉冉过。

逐日守时长不误，　莺声睍睆正催科。

---

①《楚辞》："九折臂而成医。"
②《周礼》："岁终则稽其医事，以制其食，十全为上。"

十五

候时转物亦贤劳，　肉食何尝重尔曹。
坐见输财疑卜式，　翻怜谋国忌弦高。
海山利易归三府，　缗算钱难贷一豪。
准拟陶朱寻乐土，　五湖烟水恣游遨。

十六

颜之厚矣巧如簧，　搔首竞为时世妆。
舐痔吮痈天可表，　登龙附骥地难藏。
啖名术总残同类，　射利技能穷异方。
岁暮又聆新论出，　大同行看达康庄。

十七

出位思成列国危，　妄拈一子局全亏。
度辽貔虎非仁兽，　横海楼船是义师。
三世牧民功在我，　百年黩武罪为谁。
春来莫赏鸭头绿，　挟弹谨防轻薄儿。

十八

顶礼居然拜赤符，　百年沴起掩黄图。

宜家宜室康成婢，　予取予求颖士奴。

克己侧闻抛旧恶，　睦邻迭见辟新途。

北门锁钥听轻弃，　东道何须戒不虞。

十九

东来百载得声清，　扶弱至修齐晋盟。

久忘德音仇彼美，　多能鄙事仰斯伧。

鞭笞长使毒龙惧，　帱覆时令硕鼠惊。

罪己谁当觇异象，　中天血月掩三更。

二十

衮衮诸公倒屣迎，　干云豪气逐寒生。

频飞赤鸟为谋国，　轻散黄金非贾名。

歃血不辞盟庶孽，　输心可惜祸编氓。

华胥梦好休猜忌，　重足惊听剥啄声。

戊戌春寒感赋

莫凭剥复托身安，　　群植萧骚尚勒寒。

解愠熏风来梦里，　　摧花冷霰逗愁端。

负暄笑我知狐貉，　　笼袖忕人加虎冠。

板板难窥民卒瘅，　　呵毫徒发贾生叹。

读史感赋

局似弹棋乱不收，　　百年翻覆又从头。

美新直欲师秦剧，　　密藻端能掩虑周。

自我得之终惧失，　　从人骂处且包羞。

嘉禾天子应无憾，　　莫逆于心笑可俦。

戊戌元宵夜小雨，杜门未出，惟翻微信以消遣耳

飘风渐挟落梅轻，　　细雨廉纤掩月明。

粗了春盘惟嗜淡，　　暂哦诗句总嫌平。

清时焰火穿帘动，　　盛世笙歌入耳惊。

今夜金吾当不禁，　　罪言潜看透屏生。

戊戌清明

又荐馨香到水滨， 青衫何可负嬉春。

尖风凉雨寒初透， 柳眼花须色更新。

东郭饶人乞余肉， 南阡容我誓微身。

慎终追远德归厚， 至竟儒为席上珍。

龙眠踏青

迷阳合效楚人狂， 万壑松风阅厚藏。

漱齿泉飞龙尾石， 酿春花发马头墙。

翻翻玄鸟衔泥软， 熠熠仓庚鸣日长。

好赏神皋昏旦变， 闲身切莫谏观棠。

江觉迟女史为述其先大母裁襟励子事，奉题一律，以志钦敬

裁襟申阃范， 道重敬师新。

懿德追陶母， 高风想孟邻。

相夫成业大， 励子作儒珍。

积善多余庆， 门楣发古春。

读《爱居阁诗》

石遗老子誉非私， 左海才雄绝世姿。
末路佳人终作贼， 丁年逋客早名诗。
热中未免工嗟叹， 弩外差能生奥思。
抚卷二堂成鼎足①， 萧条异代不同时。

读《聆风簃诗》

无双名重比黄童， 附骥宣南诗益雄。
学富尽收稽古力， 才多微欠化人功。
旸台花发仙云杳， 独柳祸撄心智穷。
白首同归语成谶， 梁园毕竟属明通。

---

① "二堂"，指严嵩《钤山堂集》、阮大铖《咏怀堂诗集》。

梦乘飞船漫游太空

铁翼泠然善，　大圜难省方。

齐州迷九点，　仙日敌千霜。

抚彗邀司命①，　援杓酌桂浆②。

钧天惊好梦，　一枕胜黄粱。

乐山诗联学会成立致贺

蔓草王风叹者谁，　终看大雅起吾衰。

题襟笔泻三江水③，　汲古才收五蜀奇④。

美刺之间崇正道，　宋唐以外见殊姿。

野人自策兼芹献，　峻极峨眉又一时。

---

① 《九歌·少司命》："登九天兮抚彗星。"
② 《九歌·东君》："援北斗兮酌桂浆。"
③ "三江"，指岷江、青衣江、大渡河。
④ 汉初于蜀地置益州，统有五郡，故称"五蜀"。

戊戌北地重九感兴

久立市楼霜气浓， 翛然不觉日高舂。

域中红叶南宗画， 物外黄花北客踪。

忍看重城斗蛮触， 终期三海伏蛟龙。

年来渐少题糕兴， 回望觚陵梦亦慵。

北来宣南，云亭兄以陈石遗《近代诗钞》三巨册见惠。一代文献，士林同钦。闲居多暇，自夏徂秋，密咏恬吟，差能毕卷。爰赋长句，聊发鄙感，兼志云亭兄厚谊也

学出桐城后转精， 齐盟狎主以诗鸣。

抽毫莫负衡文任， 下语翻怜持论平。

东箭南金堂庑大， 祧唐祢宋匠心明。

直同萧选存天壤， 九转丹成感莫名。

读潘天寿《雨后千山铁铸成》偶成

笔作金刚杵， 貌来山骨高。

千峰开铁瓮， 一水鉴秋毫。

出谷褎吾党， 扬舲傲尔曹。

兹能定王霸， 百代亦人豪。

雍平先生荣膺河岳学院院长，有诗抒感，敬次原韵致贺

道南一脉系吟身， 萧散何曾染俗尘。

霁月光风施绛帐， 粗缯大布傲青纶[1]。

行看造士收河岳， 定欲昌言斥汉新[2]。

坛坫峨峨肯轻负， 要回函夏日漂沦。

---

[1] 苏轼《和董传留别》："粗缯大布裹生涯，腹有诗书气自华。"又《后汉书·仲长统传》："身无通青纶之命，而窃三辰三龙虎章之服。"
[2] "汉新"，即汉新帝王莽。

己亥新正苦雨,感时抚事,漫吟排闷,即次徐源女史人日诗原韵

淫雨连朝暗小楼, 溟蒙渐有陆沉忧。

生憎板板天难问[①], 翻羡明明月可求[②]。

春信迟回千树雪, 烟波待放五湖舟。

横经好利艰贞感[③], 那似扬云解畔愁[④]。

近于孔网购得《钱仲联学述》,遂穷一日之力读竟,叠前韵抒感

历尽沧桑独倚楼, 煢煢才大亦何忧[⑤]。

诗书定以藏山重, 仙药何须入海求。

一卷惠人皆实学, 平生应物只虚舟[⑥]。

轩轩忆得朝霞举, 语妙能销万古愁[⑦]。

---

① 《诗·大雅·板》:"上帝板板,下民卒瘅。"

② 曹操《短歌行》:"明明如月,何时可掇。"

③ 《易·明夷》:"明夷,利艰贞。"

④ 扬雄有《畔牢愁》。

⑤ 《孟子·离娄下》:"是故君子有终身之忧,无一朝之患也。"

⑥ 钱老自云一生向学,从不介入世俗纠纷。骆宾王《秋日于益州李长史宅宴序》:"长史公玄牝凝神,虚舟应物。"

⑦ 一九八五年秋于桐城派学术研讨会上曾瞻芝宇,其时钱老年近八旬,鹤发童颜,风度峻整,语惊四座,印象极为深刻。《世说新语》:"海西时,诸公每朝,朝堂犹暗,惟会稽王来,轩轩如朝霞举。"

悼李厚生先生，再叠前韵

遥望仙人白玉楼，　　山颓梁坏有殷忧。

千夫舐痔因时进，　　一鹗立朝何处求。

辣手文章思反璞，　　逆鳞志业拒同舟。

疮痍满目惟长恸，　　注海倾河莫洗愁。

杂感，三叠前韵

领略春寒怵倚楼，　　者回刺促怎销忧。

延年宝易枕中觅，　　掠美智难囊底求。

是处几盈沟壑瘠，　　何人竞上水云舟。

弥天渊默惊雷动，　　莫为飞花抱别愁。

新正阴雨连绵，元宵夜加剧，局促斗室，翻读《论语》遣闷。四叠前韵

天漏渐疑掀小楼，　　摊书且破杞人忧。

舞雩归处赏曾点，　　鸣鼓攻之鄙冉求。

潜曜还需修月手[①]，　　怀山待觅济时舟[②]。

奔车早已亡尼父，　　绕室皇皇别有愁。

---

① 庾肩吾《三日侍宴咏曲水中烛影》："烛龙潜曜城乌啼。"

②《史记·夏本纪》："当帝尧之时，鸿水滔天，浩浩怀山襄陵，下民其忧。"

近代胡展堂先生擅叠韵作诗。当代刘啸云先生才大如海，尤精此道，至有叠至数十首而笔力不衰者。爰效颦五叠前韵抒怀，虽鼓勇为之，然已竭蹶难以为继矣

不羡仙人在碧楼，　蜗居即可释烦忧。
百年粗粝从容味，　二酉奇书瘖寐求。
物外长吟陶令菊，　云中每望李膺舟。
王前卢后关何事，　赢得无边风月愁。

连日叠韵为诗，乐而忘倦。清人项莲生曰："不为无益之事，何以遣有涯之生。"则余之所为者，庶几乎是。六叠前韵

推敲恍在庾公楼，　老子于时可写忧。
守正字从平处下，　斗奇韵自险中求。
诗成欲揽关山月，　兴尽何妨雪夜舟。
坐忘心斋同况味，　浑然不为惜花愁。

有感，七叠前韵

仙人只在十三楼，　水软山温可破忧。

坐看龙门烧尾出，　不妨兔窟执鞭求。

圣贤迁化讥糠秕，　天地密移叹壑舟。

休管穷黎徯我后，　陆沉星坠莫予愁。

寒舍数百步外即为一沼泽地，曰马埠槽。课余常施施而至，俯仰其间，亦消得浮生半日闲之一法也。
八叠前韵

负手闲闲胜倚楼，　泥涂一入遂忘忧。

诗成每向静中味，　礼失翻从野外求。

鱼鸟亲人林翳日，　萑蒲匝地水横舟。

此来只有濮濠想，　休管人间蛮触愁。

客岁点校胡展堂先生《不匮室诗钞》由黄山书社出版，雨窗摩挲。十叠前韵敬题一律

沉潜不啻在萧楼[①]，　年少知能为国忧。
换骨神方唐宋觅，　救民灵药美欧求。
功成参破镜中月，　势去吟登海外舟。
一卷长存天地久，　爬梳我自豁春愁。

重读《海藏楼诗》，即题一律

女戎祸国口微辞，　负气狂生命世奇。
三黜有亏非是士，　一成不改岂惟诗。
争墩敢让王安石，　佞宋允为锺子期。
令誉终输散原老，　揩筇庐岳独吟时。

---

① "萧楼"，指昭明台。

张耕先生为吾皖知名书画家、书画鉴定家，顷蒙惠赠所著《张耕书画文稿初编》，亟拜读一过，敬题一律，以志感佩

翻翻逸兴在云霄，　一卷真能破寂寥。
论画桐阴文史富，　赏书甲馆性情超。
否臧公看孤标立，　考证精教疑案消。
管赵才华同不忝，　清河门第夫非遥。

无题

彷徨徙倚感鸿惊，　太上何能便忘情。
出谷春兰风袅袅，　射眸秋水月明明。
媒人拟绾同心结，　扰梦空传霏玉声。
会得陈王洛神赋，　伤心终古为云英。

游黄山九龙瀑

九折见夭矫， 翻然跃在渊。

坠雷掀地动， 悬镜鉴天旋。

惴惴撄鳞逆， 超超憩洞巅。

莫云违远志①， 应雨十方田。

黄山翡翠谷

廿载抗尘染， 犹为林下妆。

萦青回秀屫， 蓄翠缀明珰。

谷鸟啼晴脆， 山花透骨香。

扫眉应笑我， 济胜太郎当。

唐模

吾宗祖居地， 望古仰人豪。

一水穿街静， 千樟荫屋高。

野深求礼乐， 味厚嗜山醪。

漫诵小园赋， 凭他世绎骚。

---

① 《世说新语》:"处则为远志,出则为小草。"

唐模古银杏植于唐初贞观六年，历千四百年风饕雪虐，岿然犹存，实为通灵神物。岁己亥暮春，余旅行至此，绕树彷徨，钦敬曷似，爰有此作

卓然宫十亩，　仰止豁胸襟。
冉冉抱阳老，　童童负月深。
有情施孟爱，　无用见庄心。
狐兔休巢窟，　贞刚不受侵。

雨后游迎江寺

年少盘桓地，　兹游双鬓衰。
雨收尘劫重，　风送塔铃哀。
尽有鸡虫事，　殊无龙象才。
犹望浪花上，　一苇渡江来。

读陈徒手著《人有病，天知否》《故国人民有所思》二书感赋

剖肝兼沥血，直作谤书看。
九等儒冠贱，千重铁幕寒。
吞声怜骨换，避席吊形单。
掩卷情难已，蛙鸣尽属官。

江觉迟女史邀游珂乡，奉瞻其纪念先德诸名迹，兼惠野餐，感而为咏

芃芃皆械朴，那愧里仁名。
百箧遗经厚，双亭表德清。
时鲜盈菜甲，村味嗜鱼羹。
坐对松山远，无人问耦耕。

读《惜抱轩诗集训纂》，怀姚姬传先生一百韵

胜清多诗魁，风雅振衰季。

质有富于文，卓荦皆国器。

弥天惜抱轩，渤澥汇万类。

屈宋呼衙官，李杜三舍避。

允为不世雄，渊源盖有自。

遥仰麻溪姚，阀阅固清贵。

经学开宗风，循良富经纬。

参政族始兴，贤哲继踵起。

葵轩麦饭吟，励志莫自利。

一筐盛二难，清操弭物议。

悬车至亦园，高风推人瑞。

哲嗣大门闾，恤刑仁莫比。

名德后必昌，罗田尤炳蔚。

编修援我鬻，结穴小阮第。

岳降应天衷，聪睿具上慧。

垂髫即志遐，笃学有深契。

尊经企儒先，缀文循前轨。

姜坞与海峰，衣钵斯有寄。

刷翮势冲天，骎骎老苍畏。

射策甲乙科，超拔看必济。

终似王伯安，区区莫我慰。
一流在圣贤，高山当翘企。
民胞物与心，措之唐虞治。
浮沉郎署间，部居四库异。
谓当展长才，翻致触忌讳。
刑官何易为，曲学亦滋愧。
君子早见机，矰缴莫见系。
挂冠东门遥，披褐行所志。
撰杖六朝山，都讲梅林里。
传道授业余，古文尤讲肄。
义理敷辞章，考据屏词费。
格律声色中，绵绵出神理。
味雅洁清真，渣滓举吐弃。
是能集大成，宗派立莫坠。
鼎足方与刘，太华三峰峙。
文章名桐城，公其居功伟。
余事诗并豪，卓识入真际。
维时以兹鸣，盈耳杂真伪。
渔洋表正宗，神韵惜穷匮。
代兴负牧斋，劣能资点缀。
继起者补苴，而为一偏累。

覃溪欲救空，肌理徒鼓吹。
迩土偶饭羹，质木殊无谓。
樊榭诮渔洋，矜奇炫腹笥。
挦撦还遗讥，饾饤积生弊。
随园倡性灵，笔锋走精锐。
未能药中虚，儇薄入流易。
归愚疾响枵，高调不自蔽。
比似王阮亭，肤廓邻鲁卫。
公则箴膏肓，一一起其敝。
熔铸宋与唐，模拟成真诣。
七子底轻嗤，汲古堪助臂。
取径学少陵，矩矱差周备。
即之拟波澜，食髓渐知味。
进而法宋人，否则亏一篑。
宋诗肌理丰，博涉可医脆。
就中西江黄，觥觥鄙侧媚。
点铁每成金，句法例奇诡。
入室挹杜韩，法门此不二。
翛然况出尘，冰雪澡胸胃。
视彼俗庸肤，截然判泾渭。
唐宋冶一炉，清新出瑰丽。

辅以文为诗,　　章法生奇致。

逆摄倒挽回,　　最忌笔直遂。

似古文纵横,　　峥嵘飞动意。

非徒托空言,　　自运亦得髓。

诸体皆精工,　　七律尤美粹。

古淡兼清刚,　　盘折气雄毅。

国朝第一家,　　曾张浪许岂。

及门多俊髦,　　薪火竞传递。

仪卫允白眉,　　护法树赤帜。

不吝度金针,　　昭昧拨阴翳。

承学若济河,　　浅深随揭厉。

实大声遂宏,　　坛坫及八裔。

是亦以派名,　　并文传遐懿。

广大教化如,　　百代赖衣被。

道咸宋风张,　　远绪实由启。

助澜推其波,　　下开同光体。

一脉弘扬公,　　沾溉关兴替。

湘乡褒功崇,　　至跻圣哲位。

今我读公书,　　诗情通痦寐。

平生一瓣香,　　膜拜遥顶礼。

因念百年来,　　禹域盈六沴。

变夏谬用夷，叵耐癖痂嗜。
何物德赛儿，极猖狂恣肆。
挥斥吾家珍，直作土苴视。
于诗交讥嘲，骸骨迷恋似。
桐城当其冲，婴谬种恶谥。
引车卖浆徒，发凡翻起例。
口手倡相于，来学迷津逮。
义法遂荡然，秽言殆掩鼻。
降至浩劫时，率兽食人继。
凡百封资修，斯文全扫地。
即今世滔滔，格律犹乖戾。
侈言须革新，小儿强解事。
直教诊痴符，丑拙如昏醉。
安得起九原，公其敦古谊。
区宇还文明，骚坛重振励。
释卷望芝云，种种祈公赐。
长吟魂兮归，龙眠千峰翠。

菱湖公园赏荷

苍茫烟水望中分，占断秋光不染尘。
美似六郎神更逸，吟如万里语差新。
绿云风起挹珠落，红藕香残嗜味醇。
湖上乐同濠上乐，谈空说有是何人。

己亥中秋赏月即兴

独倚露台渊默过，人间可语已无佗。
坐怜此日阴晴定，莫叹异时圆缺多。
世外风轮看宛转，寰中桂影赏婆娑。
好将饼饵酬佳节，心事年来平不颇。

菱湖公园邓石如碑馆

闲来问字子云居，樛木深藏似若虚。
百代馨香尊大布，千方贞石勒奇书。
斯冰而后端推此，秦汉之间可位渠。
且效欧阳卧碑下，银钩铁画赏森疏。

练潭秋月

芦花飞白蟹初肥， 风景依稀载客归。

千尺澄潭通月色， 满天凉露湿秋衣。

盈虚又阅沧桑变， 晦朔早占尘梦非。

拨置劳劳餐沆瀣， 遥听铁笛起渔矶。

读王达敏教授撰《桐城派学者李诚先生年谱初编（1950—1976）》，敬题一律

苍黄终见令闻昭， 编次尤征微意饶。

一士陆沉犹谔谔， 卅年豹变自超超。

学精禹贡难谋国， 文重桐城可建标。

高第多膺出蓝誉， 生涯毕竟不萧寥。

应江觉迟女史嘱，奉题其先大母裁襟励子事

截发钦陶母， 兹能辉后先。

尊师弘懿德， 励子象名贤。

末俗仪型在， 高情碑口传。

颓风凭挽起， 直到葛怀前。

工会组织员工至高赛湖垂钓，余亦逐队而行，然不乐垂钓，惟施施然于湖塍内外偷闲作半日游耳

漫同下泽叱游车，　敢诩临渊不羡鱼。
仲蔚蓬蒿塞三径，　老萍墨妙逊丛蕖。
湖波碧接长天远，　山柏红烧落叶疏。
何以劳余腰脚健，　瓦盆新剪带霜蔬。

金神老街漫步口占

长街荦确费思量，　华屋丘墟亦可伤。
三两行人浑不识，　秋风遥送菊花香。

己亥仲冬赴西川富顺黑凼口农场参加第四届"海岳杯"诗词大赛颁奖典礼，分韵赋诗得"事"字

诸佛现世缘，　闻为一大事。
兹行岂如之，　风雅振衰敝。
粤自五四来，　百年撄暴戾。
稗贩蟹行书，　诡辩饰言伪。
儒为席上珍，　忍作刍狗弃。
并鄙郁郁文，　割席矜民粹。

用使田舍奴，　轻蓄名山计。
谬托香山翁，　老妪解吟味。
庸妄倡之前，　阗茸从鼓吹。
殊能绐瞽盲，　曲学工姿媚。
蝉噪杂驴鸣，　大雅伤凌替。
遂致群儿愚，　目迷五色异。
鞭笞天下雄，　假此收助臂。
进而吉网张，　悚然欲我畏。
弥天爇文华，　周情孔思蔽。
尔来稍发舒，　差知格律秘。
空腹高心徒，　余热讽有寄。
睥睨一世间，　惟知颂权贵。
衡以可怨诗，　大乖美刺义。
而况不文言，　行远徒自毙。
弥望黄茅同，　狡狯逞小慧。
至有老皇皇，　骇俗传鼎沸。
奄然媚庙堂，　非独为角艺。
齷齪羔雁谋，　识者殆掩鼻。
文丧至于斯，　宣圣亦垂涕。
懿欤持社持，　熏莸不同器。
崛起在横流，　风骚一线系。

胙盉惜抱轩，　正雅驱邪魅。
尚友固前贤，　尤在扶善类。
即如海岳杯，　秉公拔其萃。
月眼生镜心，　举世莫异议。
把臂林下欢，　诗真见群谊。
入眼尽莽苍，　秋果挂红坠。
鹅鸭聒比邻，　池鱼恣游戏。
山渌与湖光，　直可澡胸胃。
岂惟居移人，　诗挟烟霞气。
视彼舐痔夫，　雅俗判泾渭。
吾侪重仔肩，　戮力振未济。
息壤其在兹，　长啸动天地。

荣县谒赵熙先生墓敬题一律

兰台品第语非虚，　九上人才宜位渠。
鹤立士林存骨鲠，　豹藏雾雨泽诗书。
援毫例绝同光习，　留命几窥秦火余。
此日墓门艰一拜，　蒙茸草欠带经锄。

参观自贡市盐业历史博物馆

独运赏心匠,　琳琅品物饶。

井筒钻地肺,　车影建天标。

有味赖调鼎,　无知缘听韶。

华阳谈国志,　佐酒斗寒宵。

参观自贡恐龙博物馆

亢龙有悔战玄黄,　发覆剩看斯盖藏。

骨节专车难问孔,　髑髅满地欲眠庄。

神飞万古侏罗纪,　心系千程庸蜀乡。

即此可形桑海变,　一樽酹待酌天浆。

成都五咏

一

漫天贯日公孙树,　遍地布金孤独园。

静逐千街看不厌,　赏心大美在无言。

二

随地松寮且吃茶， 连云阛阓足游车。
天回玉垒长安远， 剩说南都掌故花。

三

甜苦何如麻辣香， 人生况味要深尝。
当筵不害千杯醉， 一枕遽遽好梦梁。

四

三人成虎却非谣， 劫数西南话冷宵。
回看长街月初上， 踏歌齐舞小蛮腰。

五

七贤五老艺通神， 潇洒髯张尤绝伦。
铁网珊瑚看不足， 归来即此未全贫。

谒成都武侯祠感兴，次韩退之《寒食日出游》韵

苍天已死黄天病，　独余此地馨香盛。
一体君臣同闷宫，　义薄云天相辉映。
忆昔先主逐鹿时，　败走南州风不竞。
三顾终为定远猷，　佳话千古入吟咏。
炎汉一脉捧日升，　孙曹不堪比统正。
宽严治蜀仗明良，　光武中兴何难更。
白帝城头五丈原，　悲风迭起是为命。
翻使赘阉遗丑辈，　鼠窃狗盗弄权柄。
上下交哄乱纲常，　流祸生民悲无庆。
后起加厉颇有人，　及身值之非幽夐。
鞭笞天下供驱使，　刚愎自用莫予圣。
曲意弥缝赖宗臣，　逢君之恶罪还并。
浊乱四海犹脂韦，　好官自为听灭性。
远愧如斯鱼水情，　攻错责善祛强横。
竭来拜谒崇楼开，　大木参天爱日进。
满壁画图想象余，　诸公何妨此借镜。
方今喁喁有所望，　与民休息荷宽政。
异代相感可求仁，　其奈九重朔风劲。
慎无多言言多违，　侧目重足如律令。

游眉山三苏祠,次东坡《游金山寺》韵

我昔瞢懂学文时, 即知苏潮与韩海。

蜀道艰难终远来, 稽首喜有崇祠在。

缅眼大木郁盘陀, 修篁残荷鉴素波。

萧然高寄名乔梓, 焉知平生磨蝎多。

北走关山南桂楫, 崎岖炎宋全盛日。

养气不挫志拏云, 安贫何嫌园蔬赤。

沥血为文褫魂魄, 轩然出群判白黑。

悬之青天日月明, 魑魅魍魉亦心惊。

至宝自蒙国士识, 荣华富贵尔何物。

江山如此终归山, 清风朗月笑痴顽。

似我驰思岂有已, 滔滔有如大江水。

神仙

神仙非我辈, 强自赋楼居。

禁足思江汉, 鸣金感里胥。

深杯挥有酒, 兼味食无鱼。

束缚何时解, 愁云满太虚。

一管

一管董狐笔，艰难破铁围。
慰情资信笃，犯忌挟霜威。
宫锁终除齿，民岩早镜机。
须眉真愧死，裘马自轻肥。

赴命

赴命须髡首，浑如入棘围。
全生通妙术，救死犯淫威。
并日饔飧久，兼旬睡梦稀。
谁怜小儿女，夤夜望娘归。

浑如

浑如祢正平，挝鼓震雷惊。
莫鄙侏离语，真扬大汉声。
犯颜箴废疾，索隐破虚名。
欲下榴裙拜，斯为命世英。

坐困

坐困新正过，　春光莫我违。
惠风开柳锁，　好鸟破花围。
渐喜市声起，　犹愁客屦稀。
终看生意足，　草色上书帏。

江汉

江汉思归客，　围城作路人。
莫容非兕虎，　绝望是鸿鳞。
夜穴风中泪，　春闺梦里身。
如何无郑侠，　一纸写流民。

夤夜

夤夜征鸿过，　应为避楚氛。
分飞两行影，　叫破数重云。
饮啄防张弋，　栖迟谨失群。
归心惟向北，　遥送渡河汾。

读史

读史感三八， 明夷坤顺难。
长存肝胆热， 终示剑眉寒。
骂座显风烈， 批鳞守节完。
翻超鲁男子， 懿德臭如兰。

春声

春声长搅睡， 倚幌待天明。
璧月穿云白， 山河落影清。
釜游争片刻， 槐梦破三更。
翻覆忧来日， 难为鸟兽氓。

谒方维仪墓

鲁王墩畔路， 荒冢吊萧森。
郁郁蕙兰质， 明明冰雪心。
大家遗爱远， 小阮受恩深。
诗诵清芬阁， 长回空谷音。

谒邹城孟庙感兴

千三百里拜仪门，　望气遥知泰岱尊。
拔地巨碑铭圣德，　撑天大木荫乾坤。
堪怜王道生荆棘，　坐惜仁心变利源。
今古茫茫诧同辙，　振衰待起九原魂。

谒泰山岱庙感兴

庙祀斯为最，　来参五岳尊。
巨碑铭帝德，　古柏掩天根。
历劫黄图在，　含元紫气屯。
翻愁龙战又，　伫待拯乾坤。

游泰山北麓灵岩寺

惜抱文中名久闻，　今朝游赏倍情亲。
朗公说法感顽石，　北海书碑度劫尘。
盈耳梵声开正觉，　弥天花影幻浓春。
饱看蛮触斗蜗角，　真欲诛茅此避秦。

游山东邹城岗山觅北朝摩崖石刻

弥天沴气废诸务，局束颇羡王乔屦。
嗟哉吾党友二三，邀游邹鲁风为御。
入眼岗山青峨峨，巨石崴岁生奇趣。
形诸梦寐访摩崖，深藏若虚迷去处。
赖有东道贤主人，钩深探赜得臂助。
星罗棋置丛莽间，大书深刻似虎踞。
由隶入楷斯权舆，点划错落力余裕。
摭拾内典演真如，宽博殆趋空王步。
兰亭醉本江左风，差幸尹邢未相遇。
不然气索遽张皇，河朔贞刚非所喻。
陵轹一世越英繇，书者为谁其缃素。
尔时战伐盈黄图，生民涂炭莫我顾。
借此弘法收恶氛，覆帱灾黎义声布。
千五百年风雨磨，字划断讹气犹具。
呵护愿得碧纱笼，佞古似我长饱饫。
下山形往神仍留，蹈空蹉跌路几误。
悬想今夜睡梦中，揣摩其书屡画肚。

登泰山，次韩退之《谒衡岳庙遂宿岳寺题门楼》韵

五岳独尊允至公，天造地设洪荒中。
遥通帝座看颖出，威镇华夏擅其雄。
包蕴深厚名千古，猎奇索隐望何穷。
兹来抖擞疠疫气，乘索犹御广莫风。
碌碌培塿皆雌伏，天阍真可一线通。
回首鸟道十八折，杆升历落悬虚空。
攀松挚石至极顶，元气荡摩入浑融。
撑眼孔庙了不省，庸众惟趋碧霞宫。
首下尻高尽祈福，灵幡飘飘杂青红。
亦似王者受命始，拜祠上帝明宸衷。
违道终究干天怒，少见鸿恩佑朕躬。
后人哀之总不鉴，欲福反祸将无同。
翻怜夫子甘寂寞，居易俟命抱道终。
且效登岱小天下，殊不阿神徼非功。
黄河如带界齐鲁，徂徕似画赏朦胧。
抱憾犹作他年想，待看丸日生天东。

持社成立十周年感赋

久衰大雅竟谁陈，　特起苍头张异军。

气压五峨争秀色，　名高四海策殊勋。

同声甘作鸣皋鹤，　独善难为出岫云。

何限坫坛经十载，　扬眉真看泾渭分。

奉读刘啸云先生七十初度之作，敬赋一律，以为南山之颂也

初度华章真义存，　渐看杖国气沦浑。

性情平视衣冠贱，　诗品端随齿德尊。

填臆风云关世局，　等身著作系春魂。

劫波度尽期颐至，　寿酒携同石友温。

读史即兴

漫赏刻雕成此形，　乾坤颠倒梦初醒。

订顽宜读霍光传，　饰智莫违崔瑗铭。

汉帜方张惊浩荡，　楚歌久起惜零丁。

收身桑海复何说，　云在青天水在瓶。

读史遣暑

坐看宙合日沉沦，　莫愧儒为席上珍。

重足虽无风惠我，　全身犹有骨骄人。

玄亭侧视大夫莽，　绿野喁望绝笔麟。

且借薄醪浇块垒，　雷声渊默是天民。

读史遣闷

钳口蛙鸣尽属官，　龙飞九五掩痴顽。

宋明道学旧诬伪，　元祐党人新谥奸。

格物方知狂入梦，　知言顿觉蔽成山。

包羞忍耻欲何说，　忠信今惟行貊蛮。

读史有感

澜翻妙语尽关情，　内欲外仁疑近名。

日食万钱愁下箸，　时陈百戏乐升平。

裕民轻负海山约，　盗国坚持带砺盟。

口业谨防同帝莽，　弥天功烈败垂成。

读《南明史》感兴

功继延平德不孤，　一成一旅足相图。

王春莫惜正居闰，　夷种能饶紫夺朱。

肆外闳中违曲学，　察来彰往入通途。

鲲洋浩荡须看取，　大业千秋复五铢。

读唐人边塞诗有感

冰山雪窟犯风饕，　一战收名瘗寐毛。

狂赌八千心太忍，　横磨十万语徒豪。

牧猪那有庙谟出，　料虎真无藕孔逃。

来日茫茫羌笛起，　征人愁望月轮高。

读《史记》感赋

大语炎炎梦渐收，　局天蹐地剩依刘。

英雄燕市皆屠狗，　王霸彭城独沐猴。

西去皇华愁折角，　东来舸舰怯扶头。

揭竿斩木行看起，　好复春秋九世仇。

读《南史》有感

烟水六朝生此姝，　风情万种自于于。

吹篪才未让王婢，　弭谤功宜压卫巫。

尽辇青蚨藏敌国，　独输黄口作奚奴。

等闲惑主工狐媚，　璧合珠联德不孤。

午后至马埠槽漫步，仰观俯察，不至此地已四阅月矣

饱啖葛天民可方，　施施自得入濠梁。

枝头金粟报秋信，　波外冰荷落夏妆。

冷眼时看藏狡兔，　机心乍起动寒螀。

荒蒲野水饶真意，　澡雪何曾梦帝乡。

再咏马埠槽

洪水汤汤靡有涯，　独留一角赏桑麻。

卧波早剥鸡头米，　挂架迟开扁豆花。

云外野凫藏柳影，　泥中跛鳖画爻叉。

豳风七月当同味，　十丈红尘乐莫加。

三咏马埠槽

风中踺躞任勾留， 弥望稻云黄未收。
草满田塍皆狗尾， 叶铺水面独鸡头。
戡天切莫从人役， 适野真能与道谋。
放下浮生即为乐， 奈何刻意到盟鸥。

漫步口占

四季行藏知向方， 兴高泰半在秋阳。
坐看暄暖生棉白， 微觉清寒笼菊黄。
获食羲鹅情得得， 吠人跖犬意皇皇。
收心且享农家乐， 那管人间有海桑。

游郊野菜园感兴

十丈红尘此奥区， 亦叹欲界有仙都。
秋丝瓜摘大遗小， 扁豆花开紫夺朱。
崇孔未妨兼学圃， 承轲正可独茹荼。
灌园谁敬汉阴叟， 机巧弥天仍守愚。

庚子八月十五中秋,是为公历十月一日也,感而赋诗

一年难得释劳劳, 今岁频怜白发搔。
海内已传风鹤警, 寰中犹望月轮高。
堆盘饼饵酬佳节, 插架诗书慰缊袍。
儿女英雄进锣鼓, 良辰莫碍醉山醪。

夜雨枯坐,惟翻微信以遣闷耳

兀坐萧斋暗, 渐生沉陆忧。
云遮千古月, 雨过一天秋。
盈耳歌亡项, 惊心臂袒刘。
荧屏看劫起, 无意赋同仇。

游檀香寺,寺下即为牯牛背水库也

万顷湖波日比邻, 此来真易涤根尘。
风泉盈耳生禅静, 梵塔当头历劫新。
专壑山僧长远物, 卧云寺犬暂依人。
软红又看海桑变, 春水桃花好避秦。

谒张秉文墓感兴

文臣堪死战， 摄甲见精忠。
孤胆推人杰， 满门成鬼雄。
贞刚能起懦， 节概岂医穷。
絮酒徒相感， 乾坤又启戎。

梦中穿越偶遇陈涉，醒后戏作一律以压惊也

华胥偶入见彭亨， 瓮牖绳枢暴得名。
此日沉沉惊伙涉， 当时寂寂笑佣耕。
弥天大纛将张楚， 盖世雄猜终伍嬴。
燕雀懒知鸿鹄志， 坐听破梦夜枭声。

网闻感赋

寒窗独坐等游遨， 索隐华严帝网劳。
矢溺诗成惊道在， 蚓蛇书就咤名高。
折腰五斗肝肠热， 入彀三千意气豪。
拨置积霾焉浼我， 下帘且读反离骚。

辛丑人日读唐诗即兴

正是孤怀落寞时，　漫吟远寄草堂诗。

破春梅蕊当窗发，　系日杨枝踠地垂。

历世尽知人道贱，　翻屏惟觉鬼伥奇。

老余也动江湖兴，　禅榻鬓丝倾酒卮。

阎浮

阎浮劫至看兴亡，　颠倒众生征利忙。

老子犹龙惟遁隐，　秦风似虎独强梁。

它山之石拟攻玉，　彼美佳人倘易方。

太息长沙王太傅，　箴盲起废泪苍茫。

辛丑元宵苦雨读杜诗遣闷

尖风细雨搅春阳，　翻覆天心那可量。

未见烧灯争月朗，　还怜掩口过川防。

万家苦难填胸臆，　五夜悲吟动草堂。

木石吴儿非我辈，　凤歌终逊楚人狂。

读李一冰《苏东坡新传》即兴

才大其如磨蝎何， 补天浴日竟蹉跎。

蛮烟瘴雨昌黎叟， 金马玉堂春梦婆。

振古人情原不异， 即今国策正同科。

填膺块垒凭消得， 叩缶聊为醉后歌。

辛丑二月初二日即兴

盲风晦雨报新晴， 紫气东来关不扃。

出岫略嫌云影白， 登盘最爱菜薹青。

龙蛇起陆机方动， 裙屐嬉春梦未醒。

掩口尚吟将进酒， 忍辜浩荡一周星。

忆往感兴

嗟余虽非智者比， 生小爱狎沧浪水。

腾波赴势轻潎洌， 习与性成良有以。

日长有术消暑威， 惟伍村童水窟里。

竞技翻新屡出奇， 王前卢后差敌体。

攀缘每至高柳端， 凭虚翻腾任衔尾。

纵横拍浮平地如,　没入能执泥中鲤。
有时噀水起干戈,　掉尾一波尽披靡。
遂使望秋蒲柳姿,　筋强骨健祛疲萎。
心雄万夫气益张,　栉风沐雨不失己。
即今收身四十年,　挟技犹作见猎喜。
重作冯妇莫我非,　冲波颇能震凡耳。
因叹方今群儿愚,　成于保傅不自鄙。
局束真同辕下驹,　肤脆骨柔其已矣。
振衰起颓此其时,　以今例往当敎彼。
安得纵身巨浪中,　横绝江湖冲风起。

梅城二乔公园

名园咫尺得相要,　来看春深锁二乔。
姊妹花开红袅袅,　英雄碑卧碧潇潇。
三分功业尽留影,　千古风流独建标。
顾曲横戈皆不误,　美人心事在云霄。

枞阳近郊随诸君子后谒阮鹗墓

云山想气象,　历劫拜阳阿。
校士遗恩远,　抗倭蒙枉多。
老柔期偃武,　孔怒戒冯河。
卓绝碑无字,　千秋总不磨。

游枞阳莲花湖公园,即参观枞阳家谱馆,勉成一律敬呈同游诸公

雅洁文章此可任,　望溪遗韵入微吟①。
婆娑柳飔湖波活,　历落楼藏林樾深。
裙屐嬉春三径草,　缥缃稽古百年心。
归来稛载得无憾,　未赏田田转午阴。

---

① 据《安庆府志》,莲花池乃方苞祖业。

江毛安、程向军二位先生书画作品展即将开幕,先成一律以志祝贺

佳话新传棠棣吟, 龙眠坠绪振能任。
艺穷笔墨灵苗异, 学涉天人慧业深。
宋史解衣势磅礴, 公孙舞剑气萧森。
淋漓百丈溪藤上, 待赏风云万古心。

歙县黄宾虹纪念馆

一老堂堂在, 轩然久出群。
印心潭渡月, 契意蜀山云。
墨积千层厚, 神超万象纷。
即兹怀国手, 满室挹清芬。

与若水庐主访呈坎古镇

百转崇山里, 桃源一望开。
观鱼庄惠杳, 问竹子猷来。
檐影凌风迥, 花光抱野回。
秦人如可伍, 即此远尘埃。

参观景德镇中国陶瓷博物馆即兴

眩似琉璃界， 凉如鬼手馨。

薄胎生玉白， 淡釉夺天青。

转海输殊域， 飞车贡内廷。

翛然吾最羡， 不染一尘腥。

有鹁鸪于窗台构巢育二雏，朝夕相对，不啻佳邻，因缘如此，焉得无诗。于是乎赋

双雏了了可攀窥， 托命窗台与忘机。

嫩喙啄人心似警， 稚音呼母翅如挥。

云间鹰隼待相搏， 物外风林终可依。

三宿真生桑下恋， 关情惟恐破天飞。

游安庆世太史第有感

四世翰林荣戟荣， 云孙起冠玉堂英。

行书甚爱似坡老， 曲学略嫌如次卿。

佁佛长宏华国愿， 啖名偶发鼓鼙声。

春秋至竟责贤者， 鼎鼎清流未可轻。

赏荷

银塘寂寂远尘嚣， 万柄荷风回绿潮。
绝似洛神纤素领， 宛如楚女斗纤腰。
冰心自可消炎暑， 玉节元能抗迅飙。
输与陈王才八斗[①]， 小诗聊写水云遥。

咏夫己氏

自伍倡优流俗轻， 热中为丐一杯羹。
堪叹逢恶能行险， 讵诧修辞未立诚。
三径徒高陶令节， 五车竟盗惠施名。
滔滔皆是欲何往， 肥遁山林好躺平。

散步

识途懒得问耕夫， 安步聊当下泽车。
陌上花开皆有意， 枝头鸟语独无虞。
趋时久鄙机心动， 适野终伤邻德孤。
归去遥看明月朗， 乘风好赏列仙癯。

---

① 曹植有《芙蓉赋》。

雨后望月感赋

坡公隽语记依稀， 月出东山雨脚微。
顿溢清辉盈宇宙， 终将幽思入林扉。
炎威深惜吴牛喘， 世晦徒怜魏鹊飞。
慰我百昌皆振彩， 一株袅袅小桃肥。

读《南渡北归》三部曲，率题一律

天地苍黄入劫多， 流离琐尾却殊科。
过江名士新亭泪， 入彀英雄薤露歌。
一代儒林存史笔， 千秋殷鉴照心魔。
瑕瑜并见亦何憾， 片石韩陵自不磨。

遣兴

差似萧然五柳居， 横山堕案好相于。
谢公池上禽能语， 茂叔窗前草不除。
在宥人天归一体， 逍遥文史借三余。
超超龙战玄黄日， 回首觚棱莫羡渔。

读《北史》

四郊多垒莫关渠，　痴骨妍皮挥霍余。

天子无愁风汉似，　寡人有疾渴羌如。

灾黎尽可作沟瘠，　墨吏何妨上洛书。

梦破槐安真已矣，　崦嵫落日看徐徐。

江右刘世南教授以百岁上寿于八月一日夜仙逝，骤闻震悼，谨赋此诗以当哭也

儒林文苑一身兼，　鲁殿灵光久仰瞻。

九派江流胸浩瀚，　千寻庐岳气森严。

箴规力似秋风劲，　扬抉惠如春雨恬。

骤看悲云南纪起，　大星陨落泪廉纤。

辛丑立秋漫吟

节物相催困一城，　经年大沴警心兵。

凉飙初起神俱适，　溽暑将消梦独清。

读易聊为翻覆想，　吟诗偶作不平鸣。

渐深秋气行磅礴，　好听千林落叶声。

咏蝉

托身才一叶，　犯暑敢长鸣。

午日曳声远，　三更饮露清。

慰人岑寂破，　齐物爱怜生。

忍看疴偻丈，　承蜩执臂轻。

辛丑七夕苦雨

亢龙无悔诩神工，　雨脚如麻九字同。

云外星桥光黯淡，　人间庭院色溟蒙。

盈盈那见女牛会，　落落翻观天地穷。

否极何时可来泰，　晴秋消息托征鸿。

辛丑中元感赋

征奇猎异到沧桑，　二气良能倪可详。

卢杞甘同鬼为伍，　嵇康耻与魅争光。

燃犀牛渚幽明隔，　效状梁丘真伪亡。

情类黄州聊发兴，　浮生落落笑荒唐。

秋暑读史

一凉到骨喜秋晴，流石焦金势又成。
杨可告缗千户破，张机防疫万人惊。
驭民幻似槐安国，宰物严同细柳营。
虎豹当关长卷舌，讵能渊默听雷声。

目送

偶逢惟忆往，数载迹相同。
黄卷穷三昧，青灯角两雄。
别来鸡鹜事，归去马牛风。
望望自崖返，秋云满海东。

辛丑中秋楼巅赏月漫吟

南楼任乐忆英髦，老子于时兴亦豪。
风细差能开桂户，月明直欲数秋毫。
霓裳舞就冰轮远，水调歌成玉宇高。
何肉周妻如舍得，一天冷碧恣游遨。

辛丑八月十六日夜露台赏月即兴

也呼白玉盘, 相看到檐端。

明可鉴妍丑, 清能浴肺肝。

赏心除滓秽, 适志见团圞。

识得盈虚意, 长吟破梦残。

读史

三年永巷可怜宵, 归去来兮能折腰。

贾女偷香非是梦, 夏姬祸国却为妖。

千金好买长门赋, 百代愁听团扇谣。

付与齐东添野语, 黄图又看起狂飙。

寒舍僻邻乡野,连日夜深蟋蟀多有入户者,挠其跃,赏其斗,观其飞,耳其鸣,则措大生涯颇不寂寞也

九月入寒户, 豳风不我欺。

耸身时斗狠, 振翅夜鸣悲。

那忍金笼闭, 还怜玉露危。

华年惜其迈, 借汝警荒嬉。

辛丑重阳登楼赏秋

随例登楼独倚栏，　浇愁那得酒杯宽。

罡风落帽秋心警，　矰缴遮天雁影寒。

簪菊还坚神骨傲，　佩萸却避沴灾难。

茫茫来日倘留命，　好看南柯破梦残。

雨中游蟠龙湾

兴来冲雨访蟠龙，　林下风姿宜淡容。

盈水菱知时味厚，　遮天桂觉晚香浓。

垂虹落落夹明镜，　画舫闲闲挹远峰。

结屋诛茅如许得，　朝朝玄寂对黄农。

辛丑亢阳，园桂又迟开矣

迟开金粟殿秋光，　莫可奈何归亢阳。

已有訾言称国瑞，　渐无幽趣赏天香。

蟠根月窟荒荒白，　寄迹尘樊瑟瑟黄。

坐诵淮南小山赋，　攀援好作楚人狂。

路边新设一烤羊肉肆,且现杀现卖,群儿饕餮,食者相继。呜呼!彼羊者,亦含生之类也。当其觳觫就刃之时,凡属有情,观之何忍。于是乎咏

脍炙丛悬炉焰高, 朵颐那复计哀号。
求生几断触藩角, 待死频看跪乳羔。
羊狠语徒征太史, 狼贪性实怵儿曹①。
安能叱石六飞出, 芳草长林恣戏邀。

工会组织教工至嬉子湖垂钓,余不擅此技,虽逐队而至,惟湖堘漫步、湖庄伴食而已

此来伴食亦昂然, 漫步长堤作散仙。
一发远山青到眼, 半湖细浪白生烟。
观鱼莫负临濠上, 骑鹤还辞绕日边。
火色鸢肩非我辈, 天街任尔着先鞭。

---

①《史记·项羽本纪》:"猛如虎,很如羊,贪如狼,强不可使者,皆斩之。"

周中明教授整理校点之《姚鼐诗文集》搜罗颇富，著作种类远多于上古版《惜抱轩诗文集》，顷由黄山书社出版。省古籍办彭君华先生、胡中生教授不遗在远，惠赠一套，开卷心醉，良朋厚贶，当拱璧视之也

> 方刘颖出以文雄，　若论才难首惜翁。
> 在野能风君子德，　立朝未敌小人穷。
> 一天朗月襟怀远，　百尺寒潭尘境空。
> 异代知音数槐聚[①]，　长吟我亦赏心同。

参加"桐城派与中国古代文章学学术研讨会"即席口占一律

> 弥天宗派说桐城，　买椟还珠意未平。
> 考索行年凭碎显，　穿求义理以玄鸣。
> 须从字句证文境，　还自声音味世情。
> 不废江河沾溉溥，　宝山一入莫虚行。

[①] 钱锺书先生评惜抱诗"粹美"，实则文亦如之。

裁襟励子文化园落成典礼感赋

竹篱茅舍凤来仪，　天地氤氲万化宜。
此日望山思祖德，　当时裁锦感民彝。
不辞季世挽浇薄，　敢耗华年致缉熙。
三载合尖凭只手，　扫眉何让丈夫为。

由罗湖大桥遥望吾乡大沙河入菜子湖处

亦似黄河天上来，　一条玉带界云开。
朝宗元不嫌流细，　浴日应能助海恢。
乌榜渐无渔父隐，　红尘久有杜陵哀。
荡胸待起丹青手，　秋水蒹葭好剪裁。

读史

青词乞与太平符，　赤马红羊总不虞。
但见萧墙生反侧，　未闻阊阖慰来苏。
梦中语好拜秦帝，　囊底计穷尊卫巫。
抛卷南窗摩老眼，　海桑忍看在斯须。

游休宁木梨硔村,村在山之巅也

倚石迷花径渐悬, 上方那得似人间。

升天鸡犬白云外, 窥座斗牛青瓦前。

欲与山翁言魏晋, 却从岩桂证尧年。

尘缨暂借筒泉濯, 一入仙源傥可传。

游休宁祖源村

清简疑为处士庄, 万山深处独昂藏。

衣冠望重自洪武[①], 乔木风高溯大唐[②]。

鱼乐极时劳惠辩[③], 菊开盛处使陶狂[④]。

盘飧市远有兼味, 一笑贪饕莫可方。

---

① 明初谋士朱升即出生于此。

② 村中有一巨型红豆杉,树龄已达一千二百余年。

③ 村边石渠中多石斑鱼。

④ 田中多种菊。

安庆桐城方氏小南门赉巢暨小二郎巷老屋为同光以降皖地文人雅集之所，数十年间，诗酒征逐，颇多掌故。顷承皖江文化研究会会长汪军先生导引得游此地，俯仰今古，不胜陵谷之叹

馨香久奉在江滨，　华屋丘墟迹已陈。

遥想风流文酒会，　长怀磊落素心人。

同光绝响待谁嗣，　唐宋遗规示我遵。

巷陌寻常看未了，　弥天秋思郁轮囷。

出席"纪念方以智诞辰 410 周年学术研讨会暨首届桐城世家文化论坛"有感

翩翩浊世敢肩任，　四百年来感不禁。

烈士孤忠谋国远，　真人博大味玄深。

久凭峻节光天壤，　还恃奇书见道心。

把臂顾王当鼎足，　千秋论定有知音。

桐城获批国家历史文化名城,奉题一律

一纸书来破曰科, 卅年终未付蹉跎。

苍然城郭垂名久, 蕞尔江山历劫多。

天下文章归大邑, 寰中冠盖溢洪河①。

竿头百尺更思上, 好树丰碑字不磨。

夜深闻雁声有作

衡阳何处是, 夤夜竟南征。

望月疑弓影, 穿云迷阵营。

凄声随万里, 幽梦到三更。

老我悲秋客, 闻来特地惊。

出席大型历史人文纪录片《桐城派》开机仪式,敬赋一律

终古龙眠起莽苍, 星驰俊采未渠央。

千年道脉振伊洛, 一代文章追宋唐。

拨弃谰言神愈出, 历经浩劫气尤昌。

令名郁极畴能废, 好借荧屏传八荒。

---

① "冠盖溢川坻",梁任昉诗句也。

游投子寺

年年难得制心猿,　　且陟名山觅道源。

东起法云长示幻,　　西来祖意总忘言。

经秋柏子庭前落,　　历劫风幡屋角翻。

欲借曹溪清净水,　　弥天花雨洗尘昏。

读史漫兴

真成天地闭,　　肥遁乏贤人。

王莽岂安汉,　　辛垣欲帝秦。

梦梦矜霸略,　　衮衮惜家身。

愁绝民方殆,　　犹望雨露新。

读史又咏

学而优则仕,　　季世恐难凭。

自是辽东豕,　　谁为殿上鹰。

掇臀看骨媚,　　黩货见云腾。

记取绛侯语,　　无撄狱吏憎。

辛丑冬至感兴

此日一阳起，　何时春色临。

纷纭观世局，　翻覆见天心。

塞向防风烈，　装绵御雪深。

都来万千意，　浩荡付微吟。

史家高氏十年祭

十年过荏苒，　抚卷倍生哀。

世忌董狐直，　谁怜司马才。

谤书严斧钺，　绝笔动风雷。

何限名山业，　千秋仰斗魁。

桐城清河张氏七修宗谱告成奉题一律为贺

告成谱牒誉交加，　此是江淮第一家。

班史人才推上等，　杜诗廊庙荫幽遐①。

曾悲劫起毁名教，　终喜春来驻物华。

百世长延君子泽，　擎杯好共醉流霞。

---

① 杜甫《自京赴奉先县咏怀五百字》："当今廊庙具，构厦岂云缺。"

迁延

迁延大札到西秦，　遥望长安溃不军。

万国衣冠萦噩梦，　九霄阊阖结愁云。

憧憧直似人天别，　衮衮还如泾渭分。

地自汉唐无此日，　忍听訾謷欲铭勋。

书家李鼎兄惠赠《方以智文物集萃》一巨册，读后感赋

烈士才人集一方，　却从鸿爪识行藏。

荒寒境掩营丘李，　遒逸风追大令王。

泪渍素缣伤故国，　血和浓墨斥新皇。

生平不入贰臣传，　万古桐山耀剑芒。

辛丑腊月二十六预报大雪未果，至次日夜方小雪片刻，郁伊惝恍，次坡公尖、叉诗韵遣怀

一

连朝厌看雨廉纤，　　忽觉寒风刺骨严。
伫兴待吟王妇絮，　　拂情未赏谢郎盐。
一枝红萼开墙角，　　两个黄鹂噪屋檐。
造物惠人皆可意，　　莫将愁思挂眉尖。

二

栗烈尖风啼暮鸦，　　朋侪几辈阻泥车。
久听檐响三更雨，　　渐看屏开六出花。
飞洒玉尘难掩秽，　　染皴银海易成家。
消寒诗拙惟凭酒，　　愧绝大唐温八叉。

壬寅元日开笔迎春

千门爆竹夜喧豗，　　接地天光隐隐来。
绕舍梅风吹腊尽，　　当檐柳眼犯寒开。
大书中土延祥帖，　　潜听殊方破柱雷。
待得桃花浪三尺，　　莫辞一醉上春台。

壬寅人日大雪次老杜人日诗韵

客岁玄冥雪不作，　不意深宵玉屑落。

侵晨搴帷缬眼来，　山川皎洁诧非昨。

珠蕊琼花舞周天，　十丈垢污恍清廓。

盈耳朔风劲且哀，　塞向殊有御寒略。

红泥火炉绿蚁浮，　擎杯坐赏梅寂寞。

不羡枚马赋梁园，　抱膝久厌人荐鹗。

杜陵广厦倩谁论，　嗷嗷待哺氓犹存。

登之衽席徒口惠，　经年沴气塞乾坤。

翻看放辟邪侈辈，　熙熙逐利犹骏奔。

销金帐暖羔儿酒，　弥天春意在侯门。

直嗤灵辰名斯日，　何使当关虎豹尊。

扫穴犁庭行可及，　酹雪唤起函夏魂。

壬寅元宵枯坐遣闷

残雪难消万斛尘，　杜门善葆岁寒身。

银花火树钧天梦，　瓮牖绳枢季世春。

镇日翻屏心郁轖，　中宵呵壁气嶙峋。

桃源一记熟犹读，　却少神方可避秦。

网闻口号

猛士归来唱大风，　沐猴而冠古今同。
谁嘉孺子进哀妇①，　伫望愁云起海东。

壬寅新春久雨初霁漫步遣兴

弥天紫气送晴来，　濯濯春阳透九垓。
广野麦苗经雨活，　小园梅萼斗风开。
遥呼飞鹊作贤友，　直斥吠龙为蠢材。
万汇皆能拓胸次，　未须长借掌中杯。

张泽国先生积学储宝，顷成《桐城历史考信录》一书由黄山书社出版，且不遗末学，惠赐一册，捧读失喜，奉题一律以志感也

世家乔木气森森，　开卷坐看西月沉。
考献征文宗朴学，　箴盲起废秉公心。
千秋竟定疑年录，　百代平添掌故林。
附骥何人能似我，　新书读罢自题襟。

---

① 《庄子·天道》："嘉孺子而哀妇人。"

张文端公墓坊修复落成典礼，不佞躬与其盛，敬次张泽国先生七律原韵抒感即赠张氏诸贤

讵是清才赋上林，　补天浴日著功深。

千秋自有神明佑，　末法难辞劫火侵。

胓䘒时生纯孝意，　焄蒿长体大贤心。

墓坊骤复感如此，　更待惠风传好音。

雨霁行春

苦雨尖风昨夜终，　踏青拟到夕阳红。

桃花春水战尘外，　沧海桑田劫梦中。

且逐流云观大块，　还随飞鹜揽高穹。

浮生难得如斯乐，　腰脚当铭不世功。

刘啸云先生巨著《近百年中国学人诗词及其诗论词论研究》出版，惠赐一部，敬题一律，以志其盛也

荆璧碔砆伤杂陈，　斯文论定久无人。

百年浩劫诗中史，　一代名家席上珍。

凿破鸿蒙窥至隐，　网罗遗逸示通津。

精思健笔能扛鼎，　禹穴看生太古春。

壬寅修禊望远

临河修禊冷风骄， 远望似通春梦遥。

海上市声消永昼， 天东鹃血泣深宵。

知方谁蓄三年艾， 失计人成五石瓢。

翻羡伍员潇洒得， 江湖满地可吹箫。

壬寅清明感时漫咏

六张五角此何时， 莽荡乾坤着劫棋。

海上围城罗鼠雀， 天西战国溃熊罴。

讨春孤绪伤花乱， 悯世幽情泣路歧。

小杜九原如可作， 高楼风雨共吟诗。

壬寅伤春

填胸愁绪郁难宣， 徙倚楼台夕照前。

杂树飞花时惨淡， 寒鹃啼血世迍邅。

劫来上国势终蹙， 运去东君行益颠。

跼地局天徒想望， 春波好放五湖船。

漫师

漫师汉武拓边陲，　箪食壶浆梦破悲。
日替月陵罗刹国，　水深火热虎狼师。
久知无敌归仁者，　骤看有情张义旗。
作壁上观犹望捷，　弥天一哄笑痴儿。

无端

无端浩劫殿春阑，　海上风花渍泪斑。
白影幢幢疑鬼市，　青灯寂寂是人间。
循城忍听弃孩哭，　入谷强追穷寇还[①]。
待诵西铭塞天地，　大声镗鞳好箴顽。

读史

舐痔吮痈兴不孤，　祯祥径达九重无。
囊中宝典人能解，　梦里明君山可呼。
捧日有情充义子，　安民无计属庸奴。
花开婪尾过三月，　伫听惊雷破朽株。

---

① "磨刀入谷追穷寇，洒涕循城拾弃孩"，坡公诗也。

天柱山大峡谷

置身丘壑里， 且作幼舆豪。
竹荫风潭净， 云封山骨高。
洗尘凭瀑雨， 礼岳荐溪毛。
欲发孙登啸， 诛茅隐翠涛。

潜山程长庚陈列馆

宛转氍毹独擅场， 名高菊部合称王。
同光旧事谁能说， 好借羹墙忆海桑。

张恨水纪念馆

惊才绝艳语非夸， 说部斯为第一家。
丁鹤归来世翻覆， 更无人起写京华。

潜阳太平塔

宝相庄严炎宋风， 劫多犹可刺苍穹。
仰穿若出龙蛇窟， 手揽双丸障海东。

壬寅端午感兴

随例聊为重午吟，　当檐榴火欲焚心。

赤符难避五兵聚，　白旐轻招百鬼侵。

屈子怀沙徒尔尔，　贾生叩阙总沉沉。

灵修数化悲今昔，　蒲剑虚悬负罪深。

栀子花开矣，即事感赋

栀子花开长夏初，　眼明坐对好翻书。

风中倩影潘郎似，　林下丰神谢女如。

时有幽香穿月色，　断无杂秽拨帘裾。

清光满室庸非福，　回首觚棱计总疏。

赏野塘新荷

是谁裁剪绿裙肥，　万柄迎风仙欲飞。

周子奇文闳以肆，　杨郎妙喻是耶非。

障尘直可结荷幄，　逃暑倘能违帝畿。

无上清凉新惠我，　相看不厌大音希。

散步口占

门前百步即鸥波, 逃世逃禅不啻过。
坐听横山生远籁, 夕阳在树鸟归窠。

向晚马埠槽漫步即兴

苇径森森负手行, 虫声如雨水风轻。
群鸥掠顶机心尽, 孤犬狎人交谊成。
藕草好看残日落, 采菱懒上野舟横。
翻讥刘子枉寻觅, 咫尺桃源入眼明。

壬寅夏读史消暑感赋

用舍行藏俱自公, 侬家直是可怜虫。
一新壁垒畏兵白, 三顾茅庐怵码红。
大患来时身似赘, 狭斜封处寇如穷。
畅开瓮牖贻谋远, 好喝东西南北风。

壬寅夏读史消暑又赋

渐看庾尘污士林，　寂天寞地凤鸾喑。

数来桀犬策勋大，　吟到庄蜩入罪深。

灵雨惠风屠暑热，　刚经柔史度光阴。

婆娑一室终怅触，　郁勃难安物外心。

马埠槽近多野鸭，余向晚散步每喜赏看之

野凫不速到穷边，　十丈红尘守德全。

饮啄常思湖水阔，　羁栖暂倚藕塘圆。

惯经矰缴机心警，　终脱网罗宵梦便。

我似虚舟莫猜忌，　朝朝相赏夕阳前。

读《史记·秦本纪》，率题一律

失统王纲禹域分，　横流直到虎狼秦。

百家罢黜独尊法，　一世喧呼共拜神。

鹿马之间消反侧，　贫愚以外斥奸民。

算来惟有填沟壑，　莫望千秋雨露新。

黄梅曲

崱嶪龙眠间气钟，　才人百辈奋其中。

文章振古名天下，　却逊蛾眉一艺工。

蛾眉生长湖山曲，　饱吸山光饮湖渌。

小字玲珑语最娇，　明眸皓齿颜如玉。

闾左居来家素贫，　绳枢瓮牖甄生尘。

耶娘离仳阿翁老，　茹苦惟同麋鹿群。

白虎山头春意闹，　砍柴牧豕从吾好。

芳草斜阳归去来，　曼声初学黄梅调。

黄梅新调出天然，　辗转荆湖到皖垣。

秦楼楚馆都歌遍，　不及湖山有别传。

遮绝湖山烽火外，　崇文尚想承平态。

入塾差能识字无，　倾心终在郎花对。

伐苇网鱼菜子湖，　渔歌互答纵欢娱。

莺喉宛转曳波起，　毕竟鳌头属小姑。

小姑惊艳何人识，　柳下锻施陶冶力[①]。

茶寮拜手礼明皇，　著籍梨园殊自得。

寒潭百尺一望遥，　负米前曾踏翠涛。

---

① 严凤英启蒙师严云高系打白铁匠，按家族辈分当呼严凤英为小姑。（见王冠亚著《严凤英——并非传奇的传奇》）

此日定场锣鼓起，　压街看舞小蛮腰。
小蛮颦笑波儿媚，　万种风情传鼎沸。
宗法森严莫恕饶，　刀绳待汝将为毙。
流离肖店复新安，　菊部由来行路难。
恰似吹箫兼托钵，　红绡强抆泪阑干。
豆蔻年华刚十五，　妆成讨彩折腰舞。
春江揽镜托微波，　解佩谁为郑交甫。
来从劫罅聚宜城，　好佬多凭绝技鸣①。
转益多师亲大雅，　华鬘天女梦初成。
桃代李僵侬不忞，　绣帘开处美而艳。
孽缘演绎唱平词，　连日争传《小辞店》。
沙咤雄豪慕玉真，　名高强攮入侯门。
投缳饮刃俱能了，　要重女儿清白身。
流落白门谁假借，　乌衣自有怜香者。
灯前研艺缔良缘，　月下凝眸赠罗帕。
钟山青骨梦神奢，　鼎革无心避世华。
归去列宁装略就，　奴家从此属官家。
竞技海埂穷窈窕，　动人尤数《打猪草》。
铅华不御陶金花，　压倒深闺李清照。

---

① 黄梅戏称名角为好佬。

出谷新莺迁合肥，　菱湖柳色总依依。
阳关三叠都吟彻，　只许他年驾鹤归。
海上观摩精藻鉴，　天仙哀感均顽艳。
华年夺锦沐春风，　影电摄成尤可念。
狡狯略施调董郎，　慧心纨质语难方。
最怜临去秋波转，　褫魄消魂莫可当。
继起端推《女驸马》，劫波度尽情无价。
风流倜傥胜须眉，　佳境倘来如啖蔗。
清歌传唱至夷洲，　百万流人嗜莫俦。
听到声情幽咽处，　月明齐上望乡楼。
名流四海达天听，　豢蓄倡优防太盛。
莫测恩威掩九州，　腥风血雨众生病。
深文周纳謷言奇，　弱质谁怜五夜悲。
吉网罗钳浑不管，　由她人命贱如鸡。
仰药抚膺生迫蹙，　郎君束手两雏哭，
生离死别在人间，　戏外何如戏内酷。
翻看兵子肆淫威，　刳腹犹寻发报机。
绝代名伶艰一死，　备罹侵辱古来稀。
沉冤十载终昭雪，　网漏吞舟犹有说。
肆赦虞廷钓誉高，　颠顶那听鹃啼血。

桐山凤水画图开， 帝遣巫阳招汝来。

莫唱黄梅肠断曲， 天荒地老有余哀。

游仙一首

登天几度食言肥， 大梦醒时世已非。

东去武皇封禅疾， 西来王母御云飞。

偷桃方朔无聊赖， 得道双成有所依。

五角六张愁看得， 海山仙境浴玄晖。

壬寅七夕

盈庭瓜果礼云霄， 避俗已无吟兴豪。

终古仙人愁眇眇， 极天河汉泣涛涛。

暂逢惟剩鹊桥度， 长别犹余蚁梦劳。

比似红尘应有间， 金风玉露自游遨。

连日高温，漫吟以逐暑也

怵看火轮如镜磨， 北窗闲卧纳凉多。

浮瓜沉李能过我， 蝉噪蝇飞莫管佗。

枕梦频飞观雪月， 囊诗独赏踏冰河。

境由心造原无碍， 差幸炎歊气渐和。

壬寅立秋苦热

莫望立秋炎暑微， 经天犹看火轮飞。

盈庭聒耳厌蝉噪， 比屋蒸人怵虎威。

执热谁思民尚困， 饮冰自觉道能肥。

凉飙卷地行将到， 观易悠然早见机。

壬寅七月十二，为余揽揆之辰。过此日，余生已甲子一周矣。岁月不居，思之能不慨然

搔首惊看岁月遥， 我生恰值定哀交。

命如苏子犯磨蝎， 情类扬公感解嘲。

坐拥百城差谓富， 徒悬七尺岂为匏。

吟诗尚可作豪语， 十万横磨待斩蛟。

公历八月十五为倭之投降日，俯仰今古，不能已于言也

孤注曾看博死休，　华夷莫间赋同仇。
天东五夜欃枪落，　海上三山仙气收。
由义居仁民食德，　穷兵黩武国蒙羞。
甘为戎首神同弃，　龟鉴高悬儆效尤。

午后云起作势未雨，殊失所望，彷徨无俚，惟吟诗消暑遣闷耳

斗室煎熬渐热中，　闭关惧看火轮红。
作霖人已骑箕尾，　射日䎈犹张羿弓。
喘似吴牛期却暑，　赋如宋玉愿含风。
密云不雨惟蝉噪，　叵耐直叹吾道穷。

连日酷暑，网闻感赋

旱魃猖狂遍九隅，　炎官肆虐热难屠。
渐违人愿天尤怒，　久望河清江转枯。
紫阁凉飙仍浩浩，　苍生霖雨总区区。
罪言罪己两无着，　莫效灵均叩阙呼。

壬寅久暑喜雨

积月熏蒸百计穷， 慢肤多汗塞明聪。

乾坤久望洗兵雨， 草阁终迎解愠风。

短案横经笺霡霂， 小窗欹枕听丁东。

从今不作热中客， 收拾身心赖化工。

壬寅中秋

暑气渐收风渐嚻， 倚栏暂可释尘劳。

海云微掩冰轮远， 桂影初成玉殿高。

战伐那闻歌水调， 渗氛殆剩酌山醪，

一年容易又秋半， 忧惕不关生二毛。

秋荷

物华苒苒度年年， 南浦西风境似仙。

彩棹夷犹红藕外， 美人迟暮绿波前。

冰心不使一尘染， 玉骨安教百病缠。

三十六陂耽寂寞， 翛然高寄自婵娟。

秋夜

关河冷落夕阳隤, 秋气茫洋掩露台。
夜永静观天左转, 星稀遥指雁南来。
冥行我自知危惧, 孤梦人谁酿恸哀。
坚坐莫憎鸡叫旦, 迟明待赏菊花开。

壬寅秋兴

洞庭叶落气恢恢, 潋滟秋光次第回。
五里雾中观世事, 九霄云外听风雷。
楼台弹指尽为幻, 胥梦萦心独可哀。
待饮重阳菊花酒, 年来难得好怀开。

壬寅重阳前一日苦热

骤起亢阳前未知, 渐看摇落入寒时。
延恩未敢捐秋扇, 宁体能容替夏绨。
季世纷纷愆节物, 危邦隐隐吐微辞。
尚祈羿射金乌落, 明日登高好赋诗。

壬寅重阳市楼登高望远即兴

难得登高豁远眸， 翛然尘外倚层楼。

簪花却诧风声紧， 堕帽还惊鬓影秋。

矰缴千寻将弋雁， 关河万里待盟鸥。

收身忍作绸缪想， 且尽茱萸酒一瓯。

壬寅寒露气温骤降遣兴

积日亢阳从绎骚， 凉飙陡起释劳劳。

顿违溽暑捐绤葛， 渐入祈寒御缊袍。

挹露喜开黄菊蕊， 望风惜陨绿丝绦。

观天俟命当居易， 行险听人展豹韬。

野行口号八首

一

豳风吟就感农桑， 来看连天穄秬黄。

一任收功借机械， 汉阴老叟莫张皇。

二

竹篱茅舍掩风林，　霜柿挂枝盈树金。
付与农家赏秋色，　垂涎莫动老饕心。

三

翠葆童童十亩宫，　秋深待看斗霜红。
斧斤所赦多辛秘，　伫听田翁语不穷。

四

风中悬看绿丝瓜，　藤蔓纵横秋架斜。
炮凤烹龙成底物，　撩人味在野人家。

五

风味农家此最浓，　盈畦点点辣椒红。
若能爆炒花猪肉，　快啖还同苏长公。

六

鸭鹅杂毦不归栏，　三两羊群觅草闲。
地老天荒如太古，　翻疑身已入仙班。

七

翛然万柄斗风凉， 败叶纷纷涨野塘。
安得湘潭笔绘就， 纵横留赏水云乡。

八

一路丛芦兴不穷， 夕阳留照苇花红。
因看大雁南飞远， 立尽秋深广莫风。

奉读业师万绳楠教授魏晋南北朝史专著三种感赋

江右才人不世英， 兵间负笈任零丁[①]。
十年劫难同辰伯， 一代文章继义宁[②]。
菊部名高宜取譬[③]， 杏坛功巨可仪型。
藏山著作挑灯读， 语笑犹能破梦醒。

---

① 万师江西南昌人，一九四二年入国立西南联大历史系就读。

② 万师本科师从吴晗先生，清华复员北归，复从陈寅恪先生读研三年。

③ 学界誉万师为海内治魏晋南北朝史"四小名旦"之一。

壬寅霜降读说部感兴

看看入玄夜， 霜威骤逼人。
一车皆载鬼， 九域独搜神。
填臆海桑感， 印心形影亲。
无聊翻说部， 翻逊世情真。

读说部又赋

运去从何说， 时来鬼亦豪。
收心悲海蜃， 抉目怒江涛。
苍狗世情倦， 红羊劫数劳。
翻思观颍水， 漫效许由逃。

读说部三赋

容易海桑变， 修罗场又颠。
猰枭方据地， 虎豹欲登天。
劫重祝汤网， 辞微乞郑笺。
废书伤黯淡， 袖手夕阳前。

夜读一首

塞向装绵水德临，　都来寒气日相侵。

曾闻天下苦嬴久，　渐看寰中伏莽深。

读史易驰三代想，　横经难抚百年心。

唾壶击缺意犹未，　夜半聊为长短吟。

夜读又赋

薄海蜩螗剩读书，　凭他世事入乘除。

舟中敌国语曾验，　垄上耕夫事岂虚。

贾谊过秦徒太息，　屈平哀郢总欷歔。

搴帘视夜何时旦，　北斗纵横南斗疏。

八音

八音遏密失经纶，　大好家居曾策勋。

华表鹤归城郭旧，　鼎湖龙去海桑新。

诛心论仗史褒贬，　活国术看民屈伸。

坐听雷声起寒夜，　闭门懒说帝齐秦。

后野行口号八首

一

莫云咬得菜根香，　三载真成为口忙。
鹄面鸠形皆此色，　梦梦那肯恤民伤。

二

经霜寒菊傍墙开，　寂寞影形相吊来。
并世久无陶靖节，　翛然独动九秋哀。

三

鸡鸭一栏争食忙，　钩心斗角总郎当。
何如逸少群鹅乐，　红掌清波莫可方。

四

卅年未见鹊归巢，　不意今能仰止高。
挟弹须防五陵子，　哺雏长赖贡贤劳。

五

入冬橘柚尽敷黄，　阵阵霜风细细香。
陆绩屈平征典在，　惜无才思作华章。

六

水云演漾日荒荒， 败苇飞花乱万行。
遍地萑苻殊可虑， 三年如醉复如狂。

七

古树千章大有名， 斫头真个可怜生。
将军一去莫崇奖， 端作鸡虫得失轻。

八

村叟荦荦生事难， 御寒犹是旧衣冠。
从容话到沧桑处， 宜作贞元朝士看。

壬寅穷冬中招感赋

弥天沴戾敢云免， 不意今朝竟及予。
却病无方惟嗜睡， 养神有术偶听书。
悬知四海作羹沸， 早判三年蓄艾虚。
瘼此穷黎厉阶在， 其何能淑溺涛胥。

游桐城文庙感兴

莫云邹鲁小， 一脉重南巢①。

弦诵千年远， 宫墙万仞高。

诗书遗德泽， 仁义化腥臊。

释奠待重举， 云龙起俊髦。

壬寅除夜小雨守岁遣兴

五剧市声消散初， 尖风冷雨掩吾庐。

插梅已见春华发， 击鼓犹祈疠疫除。

夜永围炉谈异事， 觥深饯岁诵奇书。

迟明待赏新年景， 莫上王门竞曳裾。

癸卯元春远望开笔

三载尚留生意存， 春风骀荡入乾坤。

酬恩懒作椒花颂， 望气喜招冰雪魂。

莫念殊方兵易戢， 仍叹中土疫难论。

更新万象将能事， 翘首不瞻神武门。

---

① 史家有以古巢国即在今桐城境内者。

癸卯人日漫兴

三年人日困楼台， 疫瘥难消入骨哀。
暾出东方繁衍又[①]， 梅开南纪沍寒才。
登高弥觉天寥廓， 簪胜差欣气崒嵬。
吟就新诗何处寄， 草堂独覆掌中杯。

癸卯新正远望遣闷

孤处犹如壑可专， 抬头偶望楚天圆。
青山一发横南北， 白鸟千双逐后先。
道上轮蹄生计蹙， 寰中消息沴氛连。
殷忧启圣前贤语， 泚笔何人作郑笺。

读安庆地方史著作二种，感赋一律

一卷摩挲想象中， 恍从雉堞眺晴空。
江流九派来天上， 山走千盘向海东。
历劫人文存逸韵， 干时气象欠名通。
春声磅礴浮屠外， 似唤群雄唱大风。

---

① 清富察敦崇《燕京岁时记》"人日"条："是日天气清明者则人生繁衍。"

春阴怀人

百无聊赖度春阴， 那有戈回落日沉。
云水萧寥秦塞远， 风尘黯淡汉宫深。
巡檐惟索梅花笑， 看剑剩为梁甫吟。
三载朋簪愁未合， 高山闲却伯牙琴。

适野望北归大雁即兴

盈耳鸣声引兴多， 飞飞鸿雁未蹉跎。
空中结队穿云幔， 泽畔呼群避网罗。
莫向上林谋鼎食， 欲回北海戏烟波。
炎凉历尽等闲事， 绝胜人间春梦婆。

癸卯情人节兼及近事戏作

婆娑起舞气如兰， 裙屐风流异域看。
乍暖还寒春意动， 欲迎又拒泪花残。
情深欲把乾坤赌， 缘浅岂将名节完。
一水盈盈愁不渡， 九重瘦损面团团。

癸卯雨水即景

土膏脉动野人家， 细雨廉纤不似麻。
蓄眼渐开墙外柳， 含苞待放院中花。
夜来须虑寒潮急， 老去还防幽抱差。
颃洞风尘且容我， 物华苒苒赏清嘉。

癸卯早春二月抒感

一年容易过新正， 万物昭苏草木灵。
临水但看梅蕊白， 当风便绾柳条青。
天时人事仍相左， 屈子贾生元独醒。
又报寒潮透窗入， 蓬门未见惜零丁。

癸卯二月野外游春感赋

适野谋同造化邻， 披襟快意揽风熏。
几番作势阴晴定， 百道驱寒冷暖分。
柳影花光春似海， 鸢飞鱼跃气如云。
翻怜人事仍相左， 塞耳不堪天际闻。

内子于楼顶植一桃树，勤事浇灌，渐已长成。顷欲迁居，而于此树出处殊费周章。盖楼顶贫土瘠壤，不事浇灌，行将已矣。乃不嫌力费，移载于楼下园中，冀雨露时新，发三春之花，结九夏之实。斯可念也，爰赋以诗

  小楼数载日相过， 抱瓮浇来挂薜萝。
  迁地为良膏泽厚， 望风成想隐忧多。
  缅眼游人花可赏， 砺角牧牛根勿磨。
  待得三千桃结实， 仙家滋味笑同科。

癸卯春分连日小雨感赋

世事推排到眼前， 闭门强守旧青毡。
三春烟景画才半， 一枕华胥梦未圆。
苦雨连宵宜味道， 落花满地好参禅。
汉秦魏晋都无似， 那有苏髯壑可专。

癸卯二月倒春寒

二月倒春寒不禁， 尖风搅雨暮云沉。

老来弹泪惜花落， 时去抚膺叹鸟喑。

挟纩徒萦尘梦远， 排愁究恃羽杯深。

拂龟端策倩詹卜， 翻覆未知天地心。